서른에
마주하는
서른 가지
질문

서른에 마주하는 서른 가지 질문

초판 1쇄 2021년 12월 10일

지은이 구나연

펴낸이 원하나
편집 김동욱
디자인 정미영
일러스트 정기쁨
출력·인쇄 금강인쇄(주)

펴낸 곳 하나의책
출판등록 2013년 7월 31일 제251-2013-67호
주소 서울시 관악구 남부순환로 1855 통일빌딩 308-1호
전화 070-7801-0317 **팩스** 02-6499-3873
블로그 blog.naver.com/theonebook
이메일 theonebook@naver.com

ISBN 979-11-87600-14-5 03800

독립출판
프로젝트
Vol. 2
서른에
마주하는
서른 가지
질문
구나연 지음
하나의책

공부 모임이라는 축복

모소 대나무를 아시지요? 중국 극동 지방에서 자라는 대나무요. 신기하게도 이 대나무는 씨앗을 뿌리고 아무리 물을 주고 가꾸어도 4년 동안 3cm밖에 자라지 않습니다. 보고 있는 사람이 아주 답답할 정도로요. 그런데 5년째가 되면 놀라운 일이 벌어집니다. 손가락만 하던 게 갑자기 하루에 30cm 가까이 쑥쑥 자라서 순식간에 울창한 대나무 숲을 이루는 것이지요. 참으로 놀랍게 말입니다.

모소 대나무가 4년 동안 자라지 않는 이유는 무엇일까요? 무슨 까닭으로 성장이 멈춰진 걸까요? 궁금해하던 학자들이 땅을 파 보았습니다. 아, 그랬더니 이게 웬일입니까? 대나무 뿌리가 땅속 사방으로 깊숙이 뻗어 있는 것 아닙니까. 눈에 보이는 땅 위로는 자라지 않지만, 눈에 보이지 않는 땅 아래로는 힘차게 자라고 있었던 겁니다. 그렇게 땅속으로 더 깊고 더 넓게 뿌리를 내리다가 5년째가 되면 순식간에 걷잡을 수 없을 정도로 울창하고 빽빽한 대나무 숲이 만들어집니다. 뿌리가 깊은 나무라야 바람에 꺾이지 않는 법이지요.

지난 10년 동안 원한식 선생님이 이끄는 산속 달팽이 책방 공부 모임에 참여했습니다. 아무것도 모르면서 그저 열정 하나로 열심히 했습니다. 지난 10년이 제겐 모소 대나무처럼 땅 아래로 깊고 넓게 뿌리 내리는 기간이 아니었을까 하고 감히 생각해 봅니다. 어떤 사람은 돈 버는 데 하나도 도움이 안 되고, 오히려 돈만 쓰는 공부 모임에 뭘 그렇게 열심히 다니느냐고 합니다. 이해할 수 없다며 고개를 갸웃거리기도 합니다.

물론 가끔은 저도 그만둘까 하는 생각이 들기도 했습니다. 하지만 '그래도, 그래도' 하면서 열심히 참여했습니다. 무슨 까닭인지 한 번씩 회의가 드는 만큼 확신도 커졌기 때문일까요? 게다가 공부 모임에 참여할수록 제 나름의 믿음과 확신이 들어차면서 남다른 열정이라는 말을 듣기도 했습니다. 겉으로는 자라지 않은 것처럼 보이지만, 속으로는 깊고 넓게 뿌리를 내리고 있다는 믿음과 확신에서 나오는 열정 말입니다. 사랑은 믿음으로 자라고 의심으로 무너진다는 선생님 말씀이 문득 떠오릅니다.

세상을 살다 보면 모든 걸 휩쓸어 갈 정도로 거센 비바람이 수도 없이 들이닥칩니다. 여기저기서 꺾이고 무너져 그야말로 폐허가 되는 일이 한두 번이 아닙니다. 참으로 무섭고 끔찍한 일이지요. 하지만 그럴 때도 대나무는 크게 흔들릴지언정 뽑히지는 않습니다. 무슨 까닭일까요? 금방이라도 쓰러질 듯 흔들리나 다시 꿋꿋하게 제자리로 돌아가는 건 도대체 무슨 이유일까요? 땅 아래 깊고 넓고 단단하게 자리 잡은 뿌리 덕분 아닐까요? 사람으로 치면 마음과 생각의 근육이 튼튼해진 까닭이 아닐까요?

공부 모임에서 선생님은 말씀하십니다. 마음이야말로 우리 삶의 근본이 되는 뿌리다, 우리가 언제 어디서 어떤 상황을 만나더라도 그때그때 대처할 수 있게 해 주는 힘이다, 그러니 육체의 근육 못지않게 마음의 근육도 길러야 한다고 늘 말씀하십니다. 선생님은 교단에서 은퇴하셨지만 살아가면서 꼭 필요한 마음의 근육을 기르는 공부를 이끄셨습니다. 덕분에 저는 내면의 평화를 지키며 행복한 삶을 사는 것이 가능하다는 확신으로 노력하고 있습니다. 적어도 저에게는 산속 달팽이 책방 공부 모임에 참여하는 게 아주 커다란 축복입니다.

조금 더 나은 30대를 위하여

어느덧 내년이면 30대를 맞이합니다. 20대의 끝자락에 서 있는 겁니다. 햇수로 치면 한 해밖에 되지 않으나, 20대와 30대는 분명히 차이가 있음을 느낍니다. 나이는 숫자에 지나지 않는다고 하지만, 앞자리 숫자가 바뀐다는 사실이 마음을 무겁게 했습니다. 그동안 남모를 고민으로 좌절과 방황도 많이 했습니다. 빨리 늙어 버렸으면 좋겠다고 생각할 정도로 힘든 적도 있었습니다.

그럴 때 선생님이 지난 몇 년 동안 공부 모임에서 배운 것을 글로 정리해 보라고 권하셨습니다. 20대에 열심히 고민하며 공부한 내용을 30대를 다짐하는 글로 꾸며 보라는 것입니다. 스스로에게 의미와 가치가 있는 삶의 모습과 방향을 정리해야 더는 흔들리거나 방황하지 않을 수 있다는 말이지요.

참으로 고마운 말씀이었습니다. 귀가 솔깃할 정도로 반가운 소리였고요. 자기 이름으로 된 책을 낸다는 건 누구나 꿈꾸는 아름다운 일 아닙니까? 하지만 감히 엄두가 나지 않았습니다. 아직 어리기만 한 제가, 게다가 제대로 된 글쓰기를 한 번도 해 본 적 없는 제가 어떻게 글을 쓰겠습니까? 하고 싶다고 해서 그냥 할 수 있는 일이 아니라고 생각했습니다. 더구나 저 같은 초보자가 짧은 글 한두 편도 아니고 책을 쓴다니 더욱 용기가 나지 않았습니다.

그런 저에게 선생님은 말씀하셨습니다. 하고 싶다고 다 할 수 있는 건 아니나, 그래도 해 보겠다고 덤벼들어야 무엇인가 할 수 있지 않겠냐고요. 그리고 위대한 작가들도 처음에는 모두 초보자로 시작했다고 격려하셨습니다. 선생님의 말씀에 용기를 얻어 감히 30편의 글을 쓰게 되었습니다.

말이 좋아서 글쓰기이지, 처음 쓰는 글이라 무척 힘들었습니다. 그만두고 싶을 때가 한두 번이 아니었습니다. 그럴 때마다 자상하게 다독거려 주시는 선생님의 지도를 받아 글을 쓰고 고치기를 여러 번 반복했습니다. 때로는 혹독하리만치 무서운 지적에 속이 상하기도 했으나, 차츰 시간이 지나자 머릿속에서 막연하던 생각들이 좀 더 분명하게 자리 잡았습니다. 그 생각들을 마음속 깊이 이해하고 받아들이면서 글을 쓰다 보니 저의 삶도 바뀌었습니다. 하나씩 하나씩 써 가는 이 글들이 앞으로 제가 힘들고 지쳤을 때, 그래서 모든 걸 놓아 버리고 주저앉고 싶을 때 용기를 주고 희망을 밝혀 줄 길잡이가 될 것이라는 흐뭇한 마음이 들었습니다. 이 얼마나 고맙고 행복한 일입니까?

몰랐습니다. 제가 이렇게 책을 쓰리라고는 생각지도 못했습니다. 그저 하루하루 배우며 자라나는 게 즐겁고 행복해서 열심히 덤벼들었을 뿐입니다. 그런데 이렇게 작지만 아름다운 책까지 내게 될 줄은 정말 몰랐습니다. 모두가 주변에서

도와주신 분들 덕분입니다. 순전히 그분들 덕분에 제가 이만큼 자랄 수 있었고, 이렇게 아름다운 책을 쓸 수 있게 되었습니다.

공부 모임에 참여했던 시간 동안 저는 늘 궁금한 게 많았습니다. 더 나은 삶을 위해서 모르는 건 분명하게 알고 넘어가야만 한다며 공부 모임 내내 생뚱맞은 질문도 참 많이 했습니다. 그럴 때마다 선생님은 저의 엉뚱한 질문이 그치지 않도록 열심히 들어 주셨습니다. 제 눈높이에 맞춰 하나하나 자상하게 일러 주셨습니다. 정말 고맙습니다.

산속 달팽이 책방 공부 모임 회원분들에게도 뭐라고 고마운 말씀을 전해야 할지 모르겠습니다. 자동차가 없으면 가기 힘든 산속 달팽이 책방까지 싫은 내색 하나 없이 일주일에 두 번씩 꼬박꼬박 태워다 주신 김용웅 회장님 정말 고맙습니다. 공부하러 가는 길, 공부 끝나고 돌아가는 길 모두 저에게는 또 하나의 공부였습니다. 그 시간 동안 회장님과 함께 공부 시간에 배운 내용과 인생에 대해 끊임없이 이야기했습니다. 더불어 회장님은 행복하고 건강한 삶을 위한 방법과 지혜 그리고 경험담까지도 아낌없이 일러 주셨습니다.

지난 2년 동안 조금도 귀찮아하지 않고 제 글을 처음부터 끝까지 함께 읽으면서 고치고 보태 주신 회원 여러분께도 정말 고맙습니다. 제가 이만큼 성장할 수 있도록 보이지 않는 곳에서 물심양면으로 도와주고 지원해 주신 부모님과 언니를 비롯한 여러 주위 분들에게도 진심으로 머리 숙여 인사드립니다. 그리고 변변치 않은 글을 이렇게 아름다운 책으로 만들어 주신 출판사 '하나의책' 여러분 감사합니다.

모두 여러분 덕분에 이루어진 일입니다. 여러분의 도움이 없었다면 이렇게 아름다운 일이 어떻게 가능했겠습니까? 다시 한번 고맙다는 인사를 드리며, 앞으로 여러분이 실망하지 않는 나연이가 되도록 더욱 노력하겠다고 다짐합니다.

2021년 늦여름에
30대를 준비하는
나연이가

차례

머리말을 대신해서 --- 4

하나 내 젊음을 무엇으로 채울까? --- 16

둘 내가 가야 할 길은 어디인가? --- 22

셋 무엇이 진짜 나인가? --- 27

넷 바쁘게 달려야만 하는가? --- 33

다섯 우리는 생각하는 대로 사는가? --- 38

여섯 우리는 왜 자신을 믿지 못하는가? --- 43

일곱 행복하기만 하면 그만인가? --- 49

여덟 나에게 정말 중요한 게 무엇인가? --- 56

아홉 무엇이 진정한 삶인가? --- 63

열 무엇이 진정으로 나다운 삶인가? --- 69

열하나 무엇을 해야 행복하게 살 수 있는가? --- 75

열둘 진짜 사랑이란 무엇인가? --- 82

열셋 진정한 우애란 무엇인가? --- 89

열넷 어떻게 슬기로운 직장 생활을 할 수 있는가? --- 95

열다섯 반드시 성공해야만 하는가? --- 101

열여섯 늘 즐겁고 신나야 하는가? --- 106

열일곱 내 맘대로 움직이지 않는 세상을 어떻게 할까? --- 113

열여덟 나 자신을 극복하기 위해 무엇을 했는가? --- 120

열아홉 다시 태어난다고 해도 이 길을 갈 것인가? --- 126

스물 모자를 잃어버려도 행복할 수 있을까? --- 132

스물하나 연기 진리에 따라 살 수 있을까? --- 137

스물둘 화를 키우지 않는 법은 없는가? --- 142

스물셋 혼자만의 힘으로 되는 게 있을까? --- 149

스물넷 이 세상에 가치 없는 존재가 있을까? --- 154

스물다섯 자기 삶의 주인공이란 무엇인가? --- 161

스물여섯 어떻게 사는 게 훌륭한 삶인가? --- 167

스물일곱 어째서 자비를 느낄 수 없는가? --- 173

스물여덟 죽음의 문턱에 섰던 일이 있는가? --- 179

스물아홉 짧은 인생을 어떻게 살 것인가? --- 184

서른 제대로 죽는 방법이 있는가? --- 190

서른에
마주하는
서른 가지
질문

하나

내 젊음을 무엇으로 채울까?

1986년이니까 제가 태어나기 훨씬 전이지요. 경기도 가평군에 있는 남이섬에서 MBC 강변가요제라는 게 열렸다고 합니다. 그때 유미리라는 대학생이 '젊음의 노트'라는 노래를 불러 대상을 받았는데, 그 가사가 가슴에 와닿습니다. "안개 속을 걸어 봐도 채워지지 않는 나의 빈 가슴, 잡으려면 어느새 사라지는 젊음의 무지개여."라는 말로 시작되는 노래인데 중간에 이런 구절이 나옵니다.

"내 젊음의 빈 노트엔 무엇을 그려야 할까? 내 젊음의 빈 노트엔 무엇을 써야만 하나?"

남의 이야기가 아니고 바로 제 이야기입니다. 내 젊음의 빈 노트에는 무엇을 그려야 하는지요? 무엇을 써야만 하는지요? 얼마나 많이 생각했는지 모릅니다. 때로는 너무 막막하고 답답해서 절망스럽기도 했습니다. 차라리 빨리 늙어 버렸으면 좋겠다고 생각했을 정도로 말입니다. 그런데 공부 모임에서 반야심경般若心經을 읽고, 공空이라는 걸 배우고 나서는 꼭 그렇게 생각할 필요가 없다는 걸 알았습니다. 공은 허무보다는 희망을 주는 말이기 때문입니다.

공은 모든 존재의 참모습實相을 가리키는 말로 우리 눈에 보이는 것들은 모두 텅 비어 있다는 뜻입니다. 마치 내 젊음의 빈 노트처럼 일체 만물이 텅 빈 상태로 존재한다는 것입니다. 이게 무슨 말일까요? 고정불변한 건 아무것도 없으니 어느 것에도 집착하지 말라는 겁니다. 텅 빈 허공처럼 마음을 완전히 비우라는 말이지요. 모든 걸 다 내려놓으라! 아무것도 생각하지 말라는 겁니다.

하지만 이런 뜻이 전부는 아닙니다. 텅 비었다는 말은 희망이기도 합니다. 텅 비었다는 게 무슨 말입니까? 아무것도 없다는 말 아닙니까? 아무것도 없다는 것은 무엇이든 채울 수 있다는 말이고요. 텅 빈 허공에 새가 날면 새가 있는 것이고,

구름이 끼면 구름이 있는 것처럼요. 어느 것 하나 없이 텅 비어 있기에 무엇이든 존재할 수 있고, 무엇이든 될 수 있는 게 바로 공입니다. 내 젊음의 빈 노트처럼 텅 비어 있기에 무엇으로든 채울 수 있습니다. 그렇기에 공은 허무虛無가 아니라 희망이고 가능성입니다. 공은 모든 게 파괴되는 것이 아니라 공이기에 모든 게 성립한다는 말입니다.

공은 인도 수학에서 끌어온 말이라고 합니다. 인도 수학에서는 제로(0)를 슌야śūnya라고 불렀습니다. 이때 제로는 단순히 아무것도 없다는 뜻의 '무無'나 '비존재非存在'가 아닙니다. 제로는 플러스와 마이너스 사이의 숫자로 모든 수의 근본이라는 뜻입니다. 플러스가 될 수도 있고 마이너스가 될 수도 있습니다. 무한한 가능성입니다.

제로(0)가 모든 숫자의 근본이듯이 텅 비어 있는 공은 모든 존재의 근원이자 바탕입니다.[1] 내 젊음의 빈 노트는 그냥 비어 있는 게 아닙니다. 나라는 존재의 근원이자 바탕으로서 비어 있는 겁니다. 비어 있다는 것은 무엇을 채우느냐에 따라

---

1 요코야마 코이츠, 『유식으로 읽는 반야심경』, 허암 옮김, 민족사, 2016, 35~36쪽.

삶이 얼마든지 달라질 수 있다는 가능성입니다. 제로라는 숫자가 플러스로 될 수도 있고 마이너스로 될 수도 있는 것처럼, 빈 노트에 무엇을 채우느냐에 따라 인생은 성자의 삶이 될 수도 있고 탕자의 삶이 될 수도 있습니다. 나는 본래 공한 존재이니 지금부터 무엇을 어떻게 하느냐에 따라 무엇이든 될 수 있습니다. 이 얼마나 멋진 말입니까?

사르트르J. P. Sartre는 실존이 본질을 앞선다고 했습니다. 본질은 실존과 대비되는 말로 '본디부터 가지고 있는 사물 자체의 성질이나 모습'을 가리키는 말입니다. 어떤 것이 바로 그것이게끔 해 주는 특성을 말하는데, 사물은 그런 본질이 실존實存보다 앞섭니다. 가구점에 진열된 의자는 본질이 먼저 정해지고 나서 실존합니다. 의자는 사람이 앉아서 이런저런 일을 하게 하는 용도로 만들어졌기 때문입니다.

하지만 인간은 다릅니다. 인간은 자신이 살아 보기 전에 미리 정해진 본질 같은 게 있을 수 없습니다. 의자 만드는 목수로 정해져서 태어난 사람도 없고, 학생을 가르치는 교사로 태어난 사람도 없습니다. 정치가가 되었다가 사업가가 되기도 하고 예술가가 되기도 하는 게 인간입니다. 그야말로 죽는 순간에야 비로소 알 수 있는 게 인간의 본질입니다. 시몬 드 보부아르Simone de Beauvoir가 "사람의 본질은 본질이 없다는 것이다."라고 주장했던 것처럼 말입니다.[2]

사람한테는 끊임없이 스스로 만들어 내야 하는 본질 말고는 다른 본질이 아무것도 없습니다. 인간의 본질은 그가 한평생을 살아가면서 계속 만들어야만 하는 겁니다. 나라는 인간을 규정하는 '나의 본질'은 내가 살아 있는 동안 언제나 수정 가능한 상태로 열려 있습니다. 나는 매 순간 자유로운 선택을 통해 나의 본질을 만들어 갈 수 있습니다. 모든 게 나 자신의 선택에 달려 있습니다. 그렇기에 매 순간 내가 내린 선택에 무한 책임을 져야만 합니다. 바로 이런 까닭에 진실한 인간이라면 언제나 괴로워하고 번민할 수밖에 없습니다. 내 젊음의 빈 노트에 무엇을 써야 하느냐며 괴로워합니다. 하지만 번뇌가 곧 해탈이라고 그런 괴로움에서 희망을 찾는 게 인간입니다.

다시 한번 말하지만 내 젊음의 빈 노트는 아름답고 훌륭한

---

2 게리 콕스, 『이기적 삶의 권유』, 강경이 옮김, 도서출판 토네이도, 2013, 19~20쪽.

내용으로 채워질 수 있습니다. 누가 볼까 봐 부끄러워하는 쓰레기로 채워질 수도 있고요. 이것이 만물의 실상實相입니다. 우리 삶의 참된 모습입니다. 나 자신을 비롯해 이 세상에 존재하는 것은 모두 텅 빈 상태로 존재합니다. 모두가 텅 빈 상태로 존재하기에 무엇이든 채울 수 있습니다. 무엇이든 될 수 있습니다. "내 젊음의 빈 노트엔 무엇을 그려야 할까?"라는 노래는 허무를 부르짖는 게 아닙니다. 불확실하지만 희망의 싹을 놓지 않겠다는 우렁찬 함성입니다.

그렇다면 저는 젊음의 빈 노트에 무엇을 그려 넣어야 할까요? 무엇을 채워야 아름다운 삶이 될까요? 아직도 뿌연 안개에 가려진 길을 홀로 걷는 것처럼 불안하기도 하고 겁나기도 합니다. 하지만 삶이 공하다는 가르침을 놓치지 않도록 정신을 바짝 차리겠습니다. 저의 삶이 공해서 텅 비어 있고, 텅 비어 있기에 무엇이든 될 수 있다는 게 얼마나 아름다운 희망이고 가능성입니까? 이렇게 아름다운 희망이고 가능성인 것을 어떻게 놓치겠습니까?

둘

내가 가야 할 길은 어디인가?

미국의 교육자로 존경받는 파커 파머Parker J. Palmer가 쓴 『삶이 내게 말을 걸어올 때』라는 책을 읽었습니다. 눈길을 사로잡는 너무나도 인상 깊은 구절이 있어 한 자 한 자 그대로 옮겨 봅니다.

"사람들은 계속 길이 열릴 것이라고만 말합니다. 나는 고요 속에 앉아서 기도도 하고, 내면의 목소리에 귀를 기울이며, 길이 나타나기를 기다렸어요. 그래도 길은 열리지 않습니다. 나는 오랫동안 나의 소명을 찾으려고 애써 왔지만, 아직도 내게 정해진 길을 짐작조차 할 수 없어요. 다른 사람들에게는 길이 열릴지 모르겠지만, 내게는 그런 일이 절대 없을 거예요."[3]

사람들은 길이 열릴 거라고 말하는데 적어도 자기한테는 길이 열리지 않았다는 겁니다. 열리기는커녕 정해진 길을 짐작조차 할 수 없다고 합니다. 어쩌면 지금의 제 마음하고 그렇게 똑같은지요. 조금도 틀리지 않고 말입니다. 저도 제가 가야 할 길을 알고 싶습니다. 제가 가야만 할 길을 좀 더 분명하게 알았으면 좋겠습니다. 가야만 할 길을 알기만 하면 그 길을 따라가기만 하면 되니 얼마나 편하겠습니까?

그런데 문제는 그 길이 무엇인지 그리고 언제 열리는지 모르겠다는 겁니다. 아주 답답할 정도로 말입니다. 길이란 도대체 무엇이기에 우리 마음을 답답하게 하고, 나아가 절망스럽게까지 만들까요? 이런 생각을 하다 보니 공부 모임에서 읽은 공자님 말씀이 불쑥 떠올랐습니다.

3 파커 J. 파머, 『삶이 내게 말을 걸어올 때』, 홍윤주 옮김, 한문화, 2019, 80쪽.

子曰 人能弘道 非道弘人

선생님께서 말씀하셨다. 사람이 길道을 넓힐 수 있지, 길道이 사람을 넓히는 게 아니다.[4]

길은 사람이 다니는 공간으로 처음부터 있었던 건 아닙니다. 처음엔 가시덤불뿐이던 곳을 사람들이 열어 놓은 게 길입니다. 사람이 새로운 세계를 열기 위해 만들어 놓은 겁니다. 한번 생각해 보십시오. 먼 옛날 인간들이 사나운 짐승들을 두려워했던 시절, 이제까지 살던 곳을 버리고 새로운 세계로 떠나는 길을 처음 만들던 사람들은 어떤 심정이었을까요? 새로운 세계를 찾아간다는 설렘도 있었겠지요. 하지만 자칫하면 죽을 수도 있다는 두려움 또한 얼마나 컸겠습니까?

지금은 온갖 기계와 장비로 척척 만들지만, 오로지 걷는 것만으로 길을 만들던 맨 처음 사람들한테 새로운 길은 두려움 자체였을 겁니다. 머뭇거리며 주저할 수밖에 없었을 것입니다. 그렇게 머뭇거리고 두려워하는 마음으로 한 걸음씩 걸

4 『논어』 위령공 28.

어서 만든 게 길입니다. 저절로 생겨나고 넓어진 게 아닙니다. 사람들이 끈질기게 노력해서 생겨나고 넓어지는 게 우리가 가야만 하는 길이라고 공자님은 말씀하십니다.

문득 기독교 세계로 들어가는 길을 생각해 봅니다. 지금 엄청나게 많은 사람이 걸어가고 있는 그 길을 처음에 몇 사람이 만들었을까요? 불교 세계로 들어가는 길은 또 처음에 몇 사람이 만들었을까요? 지금은 수많은 사람이 걸어가고 있는 엄청나게 넓은 길입니다. 하지만 맨 처음에는 모두 한 사람이 시작했습니다. 온갖 절망과 고통에도 굴하지 않고 좀 더 나은 세상을 만들겠다는 어느 한 사람이 걷기 시작해서 만들어진 겁니다. 중국이 낳은 위대한 문학가이자 사상가로 존경받는 루쉰魯迅이 말했던 것처럼 길은 희망과 똑같습니다. 본래 땅 위에 없었던 길이 사람이 다니면서 생겨나는 것처럼 희망도 우리가 만들어야 생깁니다.[5]

희망은 땅 위에 난 길과 똑같습니다. 희망도 길도 본래 없는 겁니다. 사람들은 길이 없다고 한탄하고, 희망이 보이지

5 루쉰, 『아Q정전』, 김태성 옮김, 열린책들, 2013, 99쪽.

않는다고 절망합니다. 하지만 길도 희망도 본래 있었던 게 아닙니다. 모두 우리가 만드는 겁니다. 걸어 다녀야 만들어지는 게 길입니다. 꿈을 꾸어야 생겨나는 게 희망입니다. 저절로 생겨나고 만들어지는 건 아무것도 없습니다. 우리가 노력한 만큼 생겨나고 만들어지는 게 희망이고 길입니다.

이제 저는 그런 길을 만들어 가려고 합니다. 아직은 막막해서 절망할 때도 있지만, 본래 만들어야 하는 게 길이고 희망이라는 것을 가슴 깊이 새기고 저의 길을 찾아가겠습니다. 파커 파머의 가르침대로 내면의 소리와 바깥에서 요구하는 소리를 온전히 일치시키는 삶, 그래서 제 인생과 저를 둘러싸고 있는 세상을 즐겁고 행복하게 해 주는 길을 찾아가겠습니다.

셋

무엇이 진짜 나인가?

누구나 그러하듯 우리는 저마다의 삶을 치열하게 살아갑니다. 게다가 젊은이라면 더욱 그렇습니다. 다시는 돌아오지 않을 청춘을 헛되이 보내지 않겠다며 열심히 삽니다. 자기 몸을 혹사할 정도로 몸부림칩니다. 그런데도 마음속으로는 누군가가 끊임없이 속삭여 댑니다. "너는 아직도 부족해, 더 나은 사람이 되기 위해서는 무언가 더 노력해야 해!"라고요. 심지어는 무엇을 얼마나 더 노력해야 하는지도 모르면서 그렇게 몰아칩니다. 그래야만 가치 있는 인생이 될 거라고 믿으면서요.

그러다 어느 날에 갑자기 생각합니다. 누구보다 열심히 살아가는 '나'인데 왜 이리 힘들고 괴로울까? 내가 도대체 무엇을 잘못하고 있는 걸까? 이런 의문이 문득 들기 시작하면서 걷잡을 수 없는 불안과 고통에 휩싸입니다. 깊은 외로움, 우울과 슬픔으로 빠져듭니다. 어째서 이런 고통과 괴로움에 빠져들까요?

불교에서는 고통과 괴로움의 원인을 똑바로 보라고 가르칩니다. 그리고 그 원인이 바로 '나 자신은 항상 부족하고 모자라다'는 생각에서 비롯된다고 말합니다. 우리는 정말 모자라고 부족한 존재일까요? 불교에서는 아니라고 말합니다. 오히려 우리 모두에게는 불성佛性이 있다고 봅니다.

불성이란 무엇일까요? 불성은 완전한 존재인 부처가 될 가능성을 말합니다. 우리는 모두 불성을 가지고 있어 누구나 완전한 존재인 부처가 될 수 있다는 뜻입니다. 단지 우리가 스스로 완전하다는 사실을 알지 못할 뿐입니다. 그뿐만 아니라 오히려 열등하고 무가치한 존재로 인식합니다. 지금보다 더 나아지려면 부족한 부분을 채워야만 한다는 생각에 사로잡혀서 너도나도 바쁘게 허둥댑니다. 과거를 후회하고 미래를 걱정하며 수많은 계획과 다짐을 세우느라 잠시도 쉴 틈이 없습니다. 도대체 우리는 언제까지 부족한 부분을 채워야만 할까요?

타라 브랙이 쓴 『자기 돌봄』이라는 책에는 어느 젊은 여인이 사랑하는 어머니를 보내 드릴 때 겪은 이야기가 나옵니다. 며칠째 혼수상태에 빠져 있던 어머니가 어느 순간 눈을 뜨고는 곁에 있는 여인의 손을 잡으며 말했습니다.

"얘야, 엄마는 평생토록 내가 뭔가 잘못되었다고 생각하며 살았단다."

어머니는 이 말 한마디를 남기고 다시 혼수상태에 빠졌습니다. 그리고는 영영 깨어나지 못했습니다. 여인은 어머니가 유언처럼 남긴 말을 영원히 잊지 못할 아주 큰 선물이라고 말합니다. 어머니는 평생 스스로를 가치가 없는 존재로 생각했습니다. 열등감 속에 많은 걸 놓치며 살았습니다. 그런 사실을 죽어 가는 순간에야 깨닫고 딸한테는 그렇게 살지 말라는 유언을 남겼습니다. 그때부터 여인은 자신이 지금 어떤 삶을 살고 있는지 돌아보게 되었습니다. 열등감과 자책감이 들 때마다 어머니의 말을 떠올리며 자신의 말과 행동을 고쳤습니다. 후회하지 않는 삶을 살도록 이끈 어머니의 말은 정말 큰 선물이었습니다. 얼마나 아름다운 이야기입니까?

우리에게도 이런 자세가 필요합니다. '내가 왜 이렇게 살지?', '더는 나 자신과 싸우고 싶지 않다'는 생각이 들 때마다 자신을 좀 더 진지하게 돌아봐야 합니다. 그리고 자기 자신한테 너무 가혹하다는 사실을 알아야 합니다. 그래야 삶의 진리를 깨닫는 일에 한층 더 가깝게 다가설 수 있습니다.

삶의 진리는 무엇일까요? 진짜 나로 살아가는 겁니다. 내가 느끼는 지금 이 순간의 감각과 감정을 있는 그대로 자각해서 가슴속의 진짜 '나'를 찾는 것입니다. 그럼 '진짜 나'는 무엇일까요? 진짜 나는 나무의 거대한 뿌리와 같습니다. 한 그루의 나무에 달린 무수한 가지 하나하나가 하루하루의 '나'라면, '진짜 나'는 땅속 깊숙한 곳에 박힌 거대한 뿌리입니다.

뿌리가 하는 일이 무엇일까요? 나무가 잘 자랄 수 있도록 영양분을 공급하며 지탱해 주는 역할을 합니다. 뿌리가 없다면 또는 뿌리가 약하다면 잎과 꽃과 열매가 존재할 수 없습니다. 행여나 혹독한 추위로 잎과 꽃이 모두 떨어져도 뿌리가 튼튼하면 나무는 쉽게 무너지지 않습니다. 뿌리가 죽지 않는 한, 겨울이 지나고 봄이 오면 햇살과 함께 새로운 꽃을 피워냅니다. '진짜 나'가 그렇습니다. 진짜 나는 시련과 고통에 쉽게 무너지지 않습니다. 오히려 시련과 고통을 품어 안을 내면의 힘을 기를 수 있습니다. 진짜 나는 언제나 완전한 존재가 될 가능성을 가지고 있기 때문입니다.

문제는 우리가 진짜 나를 눈으로 보지 못한다는 겁니다. 나뭇가지에 달린 잎과 꽃과 열매는 바라볼 수 있으나 땅속에 있는 뿌리는 보지 못하는 것처럼요. 그래서 무엇보다 먼저 진짜 나를 찾아야 합니다. 마음의 눈을 떠서 진짜 나의 뿌리를 보아야 합니다. 봄과 여름, 가을과 겨울 동안 일어나는 일들을 모두 흔들림 없이 있는 그대로 받아들일 수 있는 나무가 되도록 말입니다.

진짜 나를 찾으면 마음이 점점 편안해지고 여유가 생깁니다. 사랑으로 마음을 채울 수 있습니다. 가족과 주변 사람들을 치유하고 변화시킬 수 있습니다. 더 나아가 마침내 온 세상을 껴안을 수 있습니다. 이제 저는 그런 진짜 나를 찾겠습니다. 언제나 완전한 존재가 될 가능성을 가지고 태어났다는 가르침을 마음 깊이 받아들이겠습니다. 나뭇가지가 아니라 나무의 뿌리를 찾아 저만의 삶을 살아가겠습니다. 미국의 시인 알프레드 디 수자Alfred D'Souza가 "살라, 오늘이 마지막 날인 것처럼."이라고 노래했듯이 진짜 저의 삶을 찾아 살겠습니다. 비록 많은 점에서 부족하나 지금 이 순간 최선을 다해 열심히 살겠습니다.

넷

바쁘게 달려야만 하는가?

우리는 저마다 자신의 삶이 마치 전쟁터라도 되는 것처럼 바쁘게 살아갑니다. 너무 바쁘게 살다 보니 "바빠 죽겠다."라는 말을 입에 달고 사는 사람이 점점 많아지고 있습니다. 바빠서 너무 힘들다는 것이지요. 몸이 지쳐서 쓰러질 정도로요. 그런데 이상합니다. 입으로는 바빠 죽겠다고 하는데, 그런 사람의 얼굴을 보면 '바쁜 내가 부럽지?' 하며 으스대는 표정입니다. 바쁘게 살아야 성공한 삶이고, 바쁘지 않은 사람은 한심한 게으름뱅이나 낙오자라는 뜻일까요? 우리가 속도로 경쟁하는 시대에 살기 때문이겠지요.

우리는 지금 매우 빠른 속도를 요구하는 시대에 살고 있습니다. 치열한 생존 경쟁이 생활 방식으로 되다 보니 모두가 하나같이 바쁘게 서두릅니다. 어느 곳을 가나 "빨리! 빨리!" 라는 말을 입에 달고 삽니다. 심지어는 휴가 여행을 떠나도 바쁘게 돌아다니다 지친 몸으로 돌아옵니다. 휴식하러 갔다 왔는데 더욱 피곤해진 겁니다. 어느 것도 가만히 멈춰 서서 바라보는 일이 없습니다. 가만히 멈춰 서 있으면 괜히 불안해 합니다. 바쁘게 달려야 제대로 사는 것처럼 느낍니다.

물론 바쁜 게 꼭 나쁘지만은 않습니다. 바빠야 할 때는 바빠야만 합니다. 부지런히 움직여야 할 때 게으르게 빈둥거리는 것만큼 보기 싫은 일도 없습니다. 바빠야 할 때 나 몰라라 하며 태평한 것만큼 한심한 일도 없습니다. 부지런히 열심히 움직이는 것처럼 보기 좋은 일도 없습니다. 무슨 일이든 주어진 여건에 맞춰 살아야 합니다. 그래야 제대로 해낼 수 있습니다.

문제는 정말 바빠야 할 때 바쁘냐는 겁니다. 정말 바빠야 하는 일로 그렇게 허둥거리느냐는 것입니다. 언젠가 직장인을 대상으로 설문 조사를 실시했는데, 응답자 가운데 76.0%가 항상 바쁘다고 대답했습니다. 모두가 바쁘다는 것이지요.

게다가 더욱 놀라운 건 응답자의 64.4%가 왜 바쁜지를 모른다는 점입니다. 무슨 이유인지도 모른 채, 아니면 무슨 일인지 생각할 겨를도 없이 그저 바쁘다는 것이지요. 참으로 별스러운 일 아닌가요?

'바쁨'을 뜻하는 한자가 있습니다. 바쁠 망忙입니다. 바쁠 망은 마음 심心과 없을 망亡이 합쳐진 글자입니다. 말 그대로 '마음이 없어지다'는 뜻입니다. 마음이 없어져 뭔지도 모르고 허둥거리는 게 바쁨이라는 것이지요. 그렇게 무엇인지도 모르고 허둥거리면 어떻게 될까요? 반드시 지쳐서 넘어지게 됩니다. 넘어지다 보면 '바쁠 망忙'이 '잊을 망忘', '잃어버릴 망忘'으로 변합니다. 자기를 잊어버리고, 자신의 삶을 잃어버리는 게 바쁨의 끝이라는 뜻입니다. 만약 그렇다면 바쁜 게 무슨 의미가 있겠습니까? 바쁘면 바쁠수록 자신의 삶만 점점 더 망쳐 버릴 텐데요. 바쁨이 결국 공허함과 불안감만 남길 뿐이라면 무슨 가치가 있겠습니까?

다시 말하지만 바쁨이 나쁜 것만은 아닙니다. 바쁠 땐 바빠야 합니다. 다만 한 가지, 아무리 바쁘게 살아도 자기를 잊어버리지 말아야 합니다. 자신의 삶을 잃어버려서는 안 됩니다. 무엇을 위해 바쁜지도 모른 채 허둥거리다가 어느 날 문득 '내가 왜 이리 힘들게 사는 걸까?' 하며 스스로 괴로워하는 일이 없어야 합니다. 공허함과 불안감을 남기는 바쁨은 자신의 삶을 망칠 뿐입니다. 바쁘면 바쁠수록 그 일이 진짜 나와 내 삶을 위한 것인지를 살펴야 합니다. 바쁘다는 핑계로 잃어버리기에는 너무나 소중한 게 나이고 나의 삶입니다. 바쁠수록 자기를 찾고 자신의 삶을 보살펴야만 합니다.

어떻게 해야 자기를 찾고 자신의 삶을 돌볼 수 있을까요? 바로 멈춤이라는 시간을 갖는 겁니다. 하던 일과 생각을 모두 멈추고 지금 자기가 어떤 일을 하고 있는지, 그 일이 자기에게 어떤 의미가 있는지, 자기가 무슨 생각을 하고 있는지를 가만히 관찰하는 것입니다.

해야 할 일이 산더미 같은데 아무것도 하지 말고 멈추자는 게 무슨 소리냐고요? 아무것도 하지 않는 멈춤은 시간 낭비라고요? 아닙니다. 멈춤은 시간 낭비가 결코 아닙니다. 멈춤은 그냥 아무것도 하지 말자는 게 아닙니다. 잠깐만이라도 내면의 소리에 귀를 기울이자는 겁니다. 자기가 무엇을 해야 하고, 어떻게 살아야 하는지를 깨달아서, 자신만의 삶을 찾자는 것입니다. 한 번밖에 주어지지 않는 소중한 삶을 충만하고 아름답게 만들자는 겁니다.

산에 가 본 사람은 압니다. 시인 고은高銀이 노래했던 「그 꽃」처럼 정상을 향해 정신없이 올라가면 길옆에 피어 있는 아름다운 꽃을 보지 못합니다. 잠시 멈춰 서서 돌아볼 때만 꽃이 보입니다. 우리도 마찬가지입니다. 가만히 멈춰 서는 시간이 없으면 자신을 돌아볼 수 없습니다. 때로는 한 번씩 가만히 멈추고 돌아보아야 자기와 자신의 삶을 제대로 볼 수 있습니다. 자기를 잊어버리지 않고 자신의 삶을 놓치지 않을 수 있습니다.

저는 바로 그런 삶을 살고 싶습니다. 자기를 잊어버리지 않고 언제나 그 자리에서 자신의 삶을 놓치지 않는 제가 되고 싶습니다. 나태주 시인이 「풀꽃」에서 노래했듯이 비록 풀꽃처럼 작은 삶이지만 자신을 잃어버리지 않겠습니다. 언제나 저의 자리를 지키며, 자세히 볼수록 예쁘고 오래 볼수록 사랑스러운 사람이 되겠습니다. 바쁨과 부지런함은 분명 다르고, 멈춰 쉬는 것과 게으름을 피우는 것은 똑같지 않다는 것을 잊지 않겠습니다.

다섯

우리는 생각하는 대로 사는가?

이 시대의 '진짜 스님'으로 존경받는[6] 명진明盡 스님이 쓰신 책을 읽어 보니, 생각 없이 살아가는 우리를 내리치는 죽비가 하나 있다고 합니다.[7] 프랑스의 시인이자 사상가인 폴 발레리P. Valery가 한 말로 알려졌는데, 실제로는 프랑스 소설가 폴 부르제P. Bourget가 한 말이랍니다.

"용기를 내어 그대가 생각하는 대로 살아라. 그러지 않으면 머지않아 그대는 사는 대로 생각하게 된다. 분명히 기억하라. 생각한 대로 살지 않으면 사는 대로 생각하게 된다."

---

6 김용옥, 『스무 살, 반야심경에 미치다』, 도서출판 통나무, 2019, 28쪽.

7 명진, 『스님, 어떤 게 잘 사는 겁니까』, 다산초당, 2018, 146~147쪽.

죽비는 절의 선방에서 졸지 말라고 등짝을 내리칠 때 쓰는 대나무 회초리입니다. 정신을 바짝 차리고 살아가게 만드는 회초리지요. 명진 스님은 "생각하는 대로 살지 않으면 사는 대로 생각한다."라는 말이 그런 회초리 역할을 한다고 말씀하십니다. 생각하면서 사는 게 그만큼 중요하다는 이야기겠지요.

우리는 과연 생각하는 대로 살고 있을까요? 아니면 사는 대로 생각하는 걸까요? 우리는 흔히 생각하는 대로 살아간다고 여깁니다. 하지만 곰곰이 생각해 보면 그러지 못합니다. 새해 첫날 굳게 결심한 계획을 한 달도 못 가서 포기하는 것만 보아도 잘 알 수 있습니다. 생각하는 대로 사는 게 아니라 사는 대로 생각하는 일이 더 많습니다. 온갖 구실을 대면서 말입니다. 그렇게 생각하는 대로 살아가질 못하니 아쉬워하고 후회하는 일이 얼마나 많습니까?

생각하는 대로 살아야 합니다. 한 번뿐인 인생이니 내 삶을 내 의지대로, 내 생각대로 이끌고 나아가야 합니다. 내 의지대로 삶을 이끌어 가서 인생의 주인이 되어야 합니다. 삶의 노예가 아니라 삶의 주인으로 살아야 한다는 것입니다. 얼마나 멋진 일입니까? 얼마나 행복하고 아름다운 일입니까? 그렇다면 생각대로 산다는 건 무슨 말일까요? 내 삶의 주인이 되어 생각대로 살아가기 위해서는 어떻게 해야 할까요? 명진 스님은 말씀하십니다.

> "왜 사는가?" 이것은 막막한 질문이다. 나는 이 막막함이 '왜'라는 질문의 매력이자 힘이라고 생각한다. 질문이 막막하면 막막할수록 그 물음은 우리를 깊은 탐색의 길로 안내한다. "신중한 질문은 지혜의 절반을 차지한다."라고 프랜시스 베이컨은 말했다. 질문의 깊이가 곧 생각의 깊이다. '우문愚問'은 막막하나 그 속에 '현답賢答'이 있다. 물음에 답이 있고 길이 있다. 삶도 마찬가지다. 묻고 또 묻자. '우리는 왜 살까?' '어떻게 살아야 할까?' 답이 보이지 않아도 끝없이 물어보자.[8]

삶에 물음을 던지며 살아가는 게 생각하는 대로 사는 겁니다. 왜 사는가? 지금 이대로 살아가도 되는가? 충분한가? 무

---

8 명진, 『스님, 어떤 게 잘 사는 겁니까』, 다산초당, 2018, 149~150쪽.

엇을 어떻게 하며 살아야 하는가? 이런 물음을 놓지 않는 겁니다. 생각하는 것은 묻는 것이고, 깊이 생각하는 건 계속 묻는 것입니다. 그리고 단순히 묻고 생각하는 것으로만 끝나서는 안 됩니다. 물음의 결과로 얻은 답을 온몸으로 실천해야 합니다. 그것이 진실로 생각하는 대로 살아가는 것입니다.

물론 이렇게 살아가는 게 쉬운 일은 아닙니다. 아름다운 일일수록 실천이 어렵습니다. 행복한 일일수록 힘들지 않은 건 없습니다. 행복하고 아름다운 만큼 어렵고 힘듭니다. 얼마나 힘들고 어려우면 수많은 사람이 생각대로 살기보다는 사는 대로 생각하는 길을 가겠습니까? 그게 당장 편하니까요. 생각하는 대로 사는 게 얼마나 어렵고 힘들면 먼저 용기를 내라고 할까요? 용기를 내서 크게 한 번 죽으라고 할까요?

> 百尺竿頭更進一步 大死一番絶後蘇生
>
> 백 척 장대 끝에서 다시 한 걸음 더 나가라. 큰 죽음이 한 번 있고 아무것도 없는 뒤에야 되살아날 수 있다.[9]

---

9 장휘옥·김사업, 『무문관 참구』, 민족사, 2012, 363쪽.

백 척이나 되는 장대 끝에 서서 다시 한 발을 내디딘다면 어떻게 될까요? 말할 것도 없이 떨어져 죽겠지요. 그런데도 한 발 더 내디디라고 합니다. 떨어져 죽은 뒤에야 다시 살아나는 법이니 한 걸음 더 내디디라고 합니다. 죽을 각오로 덤비는 용기를 내라는 것이지요. 그러지 않으면 생각하는 대로 살 수 없습니다. 사는 대로 생각하게 됩니다. 자신을 버리고 목숨을 버릴 엄청난 각오와 용기가 필요한 일이 바로 생각대로 사는 것입니다.

저는 이제부터 생각하며 살아가도록 열심히 노력하겠습니다. 아주 힘들고 어려운 일인 걸 잘 압니다. 하지만 어렵고 힘든 일일수록 보람 있고 가치 있다는 것도 잘 알기에 용기를 내어 제 삶에 끊임없이 물음을 던지겠습니다. 그리하여 얻은 답을 온몸으로 실천하겠습니다. 어디에서 어떤 일을 하든 늘 생각하는 대로 살아가겠습니다.

여섯

우리는 왜 자신을 믿지 못하는가?

우리는 자기가 생각하는 걸 하찮다고 무시해 버리는 경우가 참 많습니다. 종종 섬광처럼 찾아오는 직관을 단지 자신이 한 생각이라며 아무렇지도 않게 내버리는 것이지요. 자기 생각이 다른 사람들과 다르다면 남들이 하지 못하는 걸 생각할 수 있다고 자랑스럽게 여겨야 하지 않을까요? 그런데 자부심보다는 '혹시 내가 이상한 거 아닌가?', '내가 틀린 건 아닌가?' 하며 자기 생각을 의심하는 경우가 더 많지요. 미국의 철학자이자 시인인 에머슨R. W. Emerson은 이런 우리에게 자기 생각을 믿으라고 합니다.

그대 마음속에 숨겨진 확신을 드러내서 세상을 향해 이야기하라. 그러면 그대 안에서 머물던 확신이 머지않은 날에 세상 사람들이 받아들이는 견해가 될 것이다. 가장 깊숙이 지녔던 생각은 때가 되면 세상에 모습을 드러낼 것이고, 그대가 처음 생각했던 것들은 최후의 심판을 알리는 승리의 나팔 소리로 그대에게 되돌아오기 때문이다. 그대 자신이 생각하는 것을 믿어라.[10]

사람의 얼굴이 모두 다르듯 사람의 삶도 모두 다릅니다. 사람은 저마다 자기 자신만의 별입니다. 자신만의 생각과 세계가 있고, 이는 남들과 같을 수가 없습니다. 우리는 자기 자신의 생각을 믿어야만 합니다. 그러면 머지않아 자기 마음이 진실이라고 믿는 것이 모두한테도 진실이 된다고 에머슨은 말합니다. 자신의 믿음과 확신을 실제로 세상에 드러내 보이라는 겁니다. 전 세계 어린이뿐만 아니라 어른들의 마음까지도 뒤흔들어 놓았던 영화 「해리 포터」의 원작을 쓴 작가 조앤 K.

10 랠프 왈도 에머슨, 『천 년을 같이 있어도 한 번의 이별은 있다』, 차전석 옮김, 나래북, 2013, 82쪽.

롤링이 그랬던 것처럼 말입니다.

지금은 믿을 수 없는 이야기지만 그녀가 쓴 해리 포터 원고가 처음에는 열두 개 출판사에서 출간을 거절당했다고 합니다. 그런데도 그녀는 자신의 생각을 믿었습니다. 그녀 마음속에 숨겨진 확신을 굳게 믿고 어려운 상황 속에서도 계속 소설을 썼습니다. 끝내는 『해리 포터』가 세상에서 가장 많이 팔린 소설이 되었고 전 세계 사람들의 사랑을 몽땅 받게 되었습니다. 그녀 안에서 머물던 믿음과 확신이 마침내 세상 사람들한테 받아들여진 겁니다.

우리는 어떤가요? 문득 가능성의 심리학이란 걸 생각해 봅니다. 가능성 심리학은 "어떤 것이 존재하는가?"를 묻지 않습니다. "어떤 것이 존재할 수 있는가?"를 묻습니다. 어떤 것이 가능한지를 알아보고 가능한 것이 있다면 그것을 왜 추구해야 하는지, 추구한다면 어떻게 추구해야 하는지를 찾습니다. 세상은 끊임없이 변한다고 말하면서도 자신을 둘러싼 세상은 영원히 고정될 것처럼 행동하는 사람이 너무 많습니다. 손을 다쳐서 다 나을 때까지는 그림을 그릴 수 없다고 슬퍼하기만 할 뿐 다른 손으로 그려 볼 생각은 하지 않는 것처럼 말입니다. 조금만 노력하면 삶의 질을 얼마든지 높일 수 있는데, 애써 외면하는 사람들이 너무 많습니다.

가능성 심리학은 삶을 다시 보고 새롭게 접근하는 방식입니다. 어떤 가능성이 제시된다면 그것이 비록 우리의 상식과 거리가 멀어 보일지라도 과감하게 시도해 봅니다. “그게 어떻게 가능하겠어?”라고 묻는 대신 “왜 될 수 없는 거지?”, “해 보기는 해 봤어?”라고 묻습니다. 가능성 심리학은 지금 있는 것에 초점을 맞추지 않습니다. 우리가 무엇이 될 수 있는지 그리고 그렇게 되려면 어떻게 해야 하는지에 초점을 맞춥니다. 지금 상태를 정확하게 아는 것도 중요하지만, 지금 상태를 조금이라도 더 좋은 방향으로 바꾸려는 노력에 더 방점을 둡니다.

> 인간은 자기가 겨냥한 표적만 맞히게 마련이다. 지금 당장은 실패하더라도 높이 있는 표적을 겨냥하는 게 좋다.[11]

---

11 헨리 데이비드 소로, 『월든』, 김석희 옮김, 열림원, 2017, 38쪽.

헨리 데이비드 소로가 한 말입니다. 가능성 심리학을 잘 보여 주는 말 아닌가요? 사실 우리는 우리가 무엇을 할 수 있는지 잘 알지 못합니다. 무엇이 될 수 있는지도 모릅니다. 그래서 우리는 현상 유지에 만족하지 않습니다. 현상 유지보다는 바라거나 원하는 것으로 가까이 가는 방법을 찾습니다. 그러기 위해서는 자기 생각을 믿어야 합니다. 설령 모두가 반대할지라도 느긋한 마음으로 자기 내면의 신념과 직관을 따라야 합니다. 자기 생각이 절대 하찮지 않다는 걸 받아들여야 합니다. 우리는 모두 태어날 때부터 저마다의 타고난 힘을 가지고 있고, 그 힘으로 무엇을 해낼 수 있는지는 오로지 자기 자신밖에 모른다는 것을 굳게 믿어야 합니다.

이제 저는 가능성의 심리학을 받아들이겠습니다. 사람은 저마다 자기 자신의 별이라는 진리도 가슴 깊이 새기겠습니다. 그리하여 저만의 세계를 만들겠습니다. 설사 모두가 반대하더라도 내면에서 솟아오르는 생각을 믿고 저만의 세계를 만드는 길로 가겠습니다. 그 길이 좁고 어두울지라도 제 자신이 스스로 별이 되어 밝히겠습니다. 아주 수고스럽고 고통스럽겠지만, 그만큼 가치 있고 의미 있는 일이라는 걸 잘 알기에 느긋한 마음으로 가겠습니다. 아름다운 시인 정채봉이 「삶에 고통이 따르는 이유」라는 시에서 노래했듯이, 생선에게는 소금에 절여지고 얼려지는 것이 아주 고통스럽겠지만, 그 고통을 이겨 내지 못하면 썩는 길뿐이라는 것을 잘 알기 때문입니다. 아무리 자기 몫으로 주어진 땅이라도 직접 가꾸는 수고와 고통이 없으면 쌀 한 톨도 공짜로 얻을 수 없다는 걸 이제는 알기 때문입니다.

일곱

행복하기만 하면 그만인가?

누군가가 아침 일찍 학교 가는 학생을 붙잡고 묻습니다.

"아침 일찍부터 어디 가세요?"

"학교요."

"학교는 왜 가요?"

"강의 들으러 가지요."

"강의는 왜 들어요? 강의가 그렇게 재미있어요?"

"재미는 무슨 재미가 있어요. 강의를 들어야 졸업할 수 있으니까요."

"졸업은 왜 해요? 졸업장을 받으려고요?"

"졸업장이 있어야 일자리를 얻을 수 있잖아요."

"일자리는 왜요? 일이 그렇게 하고 싶어요?"

"돈을 벌려면 할 수 없잖아요."

"돈은 왜 벌어요? 돈을 모으려고요?"

"모을 돈이 어디 있어요. 쓰기도 바쁠 텐데. 아무튼 돈이 있어야 사고 싶은 것도 사고, 하고 싶은 일도 할 수 있잖아요."

"왜요? 왜 하고 싶은 일을 하고, 갖고 싶은 물건을 사려고 하지요?"

"그래야 행복하잖아요."

"행복하다고요? 그럼 왜 행복하려고 해요? 무슨 특별한 이유라도 있나요?"

"그래야 좋잖아요."

"왜 좋아야 해요?"

"몰라요!"[12]

사람들은 세상을 살아가면서 무엇을 추구하는가? 사람들이 삶에서 얻으려는 게 도대체 무엇인가? 이런 물음에는 사

12 필립 반 덴 보슈, 『행복에 관한 10가지 철학적 성찰』, 김동윤 옮김, 자작나무, 1999, 19~20쪽.

람마다 다르게 대답할 겁니다. 어떤 사람은 사랑이라고 하고, 또 어떤 사람은 돈과 권력이라고 말할 겁니다. 명예를 누리고 싶다는 사람도 있고요. 그런가 하면 이것저것 다 필요 없고 그저 마음 편하게 조용히 살고 싶다는 사람도 있을 겁니다. 이렇게 사람들이 세상을 살아가면서 이루려거나 얻으려는 것은 모두 다를 수 있습니다. 사람의 모습이 저마다 다 다르듯이 바라고 얻으려는 것도 모두 다릅니다. 하지만 무엇이라고 말하든 결국에는 모두 행복을 위한 것으로 모입니다. 무엇을 추구하든 모두가 행복을 위한다는 것이지요. 바로 이런 점에서 행복은 우리 삶이 추구하는 가장 좋은 것입니다.

어째서 행복인가? 우리는 왜 행복해지려고 하는가? 이런 물음에 우리는 분명하게 대답하지 못합니다. 분명하게 대답하지 못하면서도 부끄러워하지 않습니다. 부끄러워하기는커녕 오히려 묻는 사람을 이상하게 생각합니다. 왜 행복이냐고 물으면 더는 대답할 수도 없고, 대답할 필요도 없습니다. 구태여 대답하자면 “행복하면 좋지 않으냐.”라고 할 수 있을 뿐입니다. 행복은 우리 인간이 마지막으로 추구하는 가장 좋은 것인데, 더 뭐라고 대답하겠습니까?[13] 물을 걸 물어야지 무슨 짓이냐고 하는 수밖에요.

고대 그리스 철학자 아리스토텔레스Aristoteles는 행복이야말로 그 자체로 가치 있는 것이지, 다른 무언가를 위해서 추구되는 게 아니라고 말했습니다. 영국의 철학자 데이비드 흄David Hume은 "사람이 하는 일은 모두 행복이라는 마지막 목적을 위한 것이다."라고 말했고요. 우리가 추구하는 것들은 모두 행복을 위한 것이고, 다른 것들은 모두 행복에 이르기 위한 수단일 뿐이라는 겁니다.[14] 실제로 우리는 어떻게 해서든 행복을 얻으려고 애를 씁니다. 행복할 수만 있다면 모든 걸 다 할 수 있는 것처럼 덤벼듭니다. 행복은 우리 삶에서 추구하는 가장 가치 있는, 가장 좋은 목적이라는 것이지요.

그런데 정말 그럴까요? 행복을 위해서라면 무슨 일이든 다 해도 괜찮을까요? 정말 행복하기만 하면 그만일까요? 우리의 행복이 사람을 죽이거나 마약상으로 일하는 데서 온다고 해

---

13 필립 반 덴 보슈, 『행복에 관한 10가지 철학적 성찰』, 김동윤 옮김, 자작나무, 1999, 19~20쪽.

14 탈 벤-샤하르, 『해피어』, 노혜숙 옮김, 위즈덤하우스, 2007, 71~72쪽.

도 정말 괜찮단 말인가요? 사람 죽이는 일을 좋아하고 누구보다도 잘해서 최고의 행복을 가져다준다고 말하는 사이코패스에게 "행복하면 그만이니 계속하세요."라고 할 수 있을까요? 당연히 그건 아니라고 대답할 겁니다. 다른 사람에게 도움을 주지는 못할망정 해를 끼치는 일로 행복을 찾는 사람을 누가 좋아하겠습니까?

올더스 헉슬리A. Huxley의 『멋진 신세계』라는 소설이 있습니다. 소설 속 멋진 신세계에서 사람들은 태어날 때부터 행복해지도록 만들어집니다. 모두가 장밋빛 색안경에 비친 세상을 보고 마약의 일종인 소마soma를 복용하며 행복해합니다. 불만을 나타내려고 해도 그럴 수 없도록 만들어졌습니다. 자기 노력과 능력의 결과가 아니라 약에 취해서 말입니다. 이렇게 얻는 행복이 진짜일까요? 자신 있게 "그렇다!"라고 대답할 수 있는 사람이 과연 얼마나 될까요?

우리는 흔히 행복이 삶의 최고 목표라고 말합니다. 행복은 분명 좋은 것입니다. 대한민국 헌법 10조에 뭐라고 명시돼 있습니까? "모든 국민은 인간으로서 존엄과 가치를 가지며, 행복을 추구할 권리가 있다."라고 돼 있지 않습니까? 우리는 모두 행복을 추구할 권리가 있습니다. 누구나 행복한 삶을 누려야 합니다. 하지만 행복이 전부는 아닙니다. 누구나 행복을 추구하되, 추구해도 되는 행복을 추구해야 합니다. 사이코패스처럼 남을 죽이는 일로 행복을 추구하는 것은 절대 안 됩니다. 『멋진 신세계』에서처럼 자신의 의지와 노력이 아니라 공짜로 주어지는 행복도 바람직한 것은 아닙니다. 결국은 권태를 가져다줄 뿐입니다.

행복하기만 하면 무슨 일이든 다 해도 되는 건 아닙니다. 행복을 추구하되 지켜야 할 것이 있습니다. 행복보다 더 중요한 가치가 있다는 말입니다. 그것이 무엇일까요? 저는 이런 물음에 대답하기 위해 생각하고 또 생각합니다. 행복도 좋지만, 무조건 행복이 아니라 진정으로 의미 있는 행복이 무엇인지를 곰곰이 생각합니다. 그리고 그냥 행복이 아니라 진정성authenticity이라는 가치를 떠올려 봅니다. 진정성 있는 삶이야말로 진짜 행복을 가져다준다는 것이지요.

진정성이란 무엇인가? 도대체 어떤 걸 가지고 진정성 있는 삶이라고 하는가? 이것이 이제부터 제가 풀어야 할 숙제입니다. 저는 덴마크 철학자 키르케고르Kierkegaard의 말을 길잡이로 삼겠습니다.

"진정성 있는 삶은 마음의 순결함을 지키는 삶이고, 마음의 순결함은 오로지 선善한 일 한 가지만을 바라는 것이다. 선이 아닌 하나를 바라는 사람은 진실로 그 하나만 바라는 게 아니다. 그는 하나만을 바란다는 망상 속에서 자신을 기만하고 있다. 왜냐하면 그의 마음은 내면 깊숙한 곳에서 둘로 나뉜 상태가 될 수밖에 없기 때문이다."[15]

---

15 스벤 브링크만, 『절제의 기술』, 강경이 옮김, 다산초당, 2020, 72쪽.

여덟

나에게 정말 중요한 게 무엇인가?

미국의 작가 라이언 홀리데이Ryan Holiday가 쓴 책 『에고라는 적』을 보면 모든 사람이 가지고 있는 헛된 신화가 하나 나옵니다. 바로 다른 사람은 갖고 있는데 자기한테는 없는 것을 가지면 행복해질 것이라는 믿음입니다. 과연 그럴까요? 라이언 홀리데이는 아니라고 말합니다. 진정으로 행복한 사람은 자기 것만을 본다는 겁니다. 불행한 사람은 자기가 갖고 있지 못한 것만 보고요.

자기한테는 없는 것을 갖기만 하면 행복해질 것이라 믿다 보니 자기한테 없는 것에만 눈길을 돌립니다. 자기가 가지고 있는 것은 거들떠보지도 않고 자기한테 없는 것만 차지하려고 조급해합니다. 행여나 갖지 못하면 어쩌나 하며 불안해합니다. 더 많이 가지려는 조급함과 불안감이 경쟁이라는 걸 하게 만듭니다. 무엇이든 내 것으로 만들려고 하고, 무엇이든 많이 가지려고 다투고 싸웁니다.

돈이 아주 좋은 본보기입니다. 사람들은 얼마만큼의 돈이 필요한지는 생각하지 않습니다. 그저 많으면 많을수록 좋다고 생각합니다. 돈만 많으면 무엇이든 할 수 있다며, 모든 에너지를 돈 버는 일에만 쏟습니다. 그러다 보니 돈이 마치 신처럼 되어 버렸습니다. 돈 버는 일이 무슨 신앙처럼 되어 버려 돈을 위해서라면 못 할 짓이 없는 사람이 너무 많습니다. 행복하게 살려고 돈을 버는 게 아니라 돈을 벌기 위해 행복을 내팽개치는 겁니다. 오죽하면 "사람 나고 돈 났지 돈 나고 사람 났나?"라는 속담이 있겠습니까?

물론 돈이 나쁜 건 아닙니다. 세상을 살아가는 데 어느 정도의 돈은 꼭 필요합니다. 몸이 아파 죽겠는데 돈이 없어 병원에 가지 못한다면 얼마나 비참한 일입니까? 사람다운 삶을 살려면 어느 정도의 돈은 반드시 필요합니다. 그러니 돈을 벌겠다고 경쟁하는 게 나쁜 것만은 아닙니다. 인간의 욕망은 무한하고 재화는 한정된 현실에서 경쟁은 불가피한 측면이 있습니다. 세상이 잘 돌아가게 하는 것도 경쟁이고, 인류가 이룩한 인상 깊은 업적들도 모두 경쟁 덕분에 이루어진 것 아닙니까? 다만 문제는 너무 지나치다는 겁니다. 과유불급過猶不及이라고 너무 지나치다 보니 미치지 아니한 것만 못하게 되었다는 말입니다. 우리 삶을 너무 힘들게 만들 정도로요.

경쟁은 남보다 앞서거나 더 많이 가지려고 다투고 싸우는 겁니다. 그런데 우리 사회는 언제부터인가 경쟁이라는 말 앞에 무한無限이라는 단어가 더 붙어 버렸습니다. 그냥 경쟁이 아니라 무한 경쟁입니다. 적당히가 아니라 끝限이 없이無 다투고 싸우는 끔찍한 일이 벌어지고 있습니다. 끝없이 싸우면 그 결과가 어떻게 되겠습니까? 에너지를 다 써 버릴 때까지 싸우다 보면 정작 바라는 것은 얻지도 못한 채 쓰러져 죽는 일만 남지 않을까요?

우리는 모두 입만 열면 '적당히'라는 말을 즐겨 씁니다. 무슨 일이든 적당히 해야지 지나치면 못쓴다는 것이지요. 아무리 좋은 일이라도 지나치면 자신을 넘어 남까지 망치게 된다는 겁니다. 그러면서 실제로는 어떻게 합니까? 무한 경쟁 세계에 뛰어듭니다. 뛰어들기는 싫으나 남들보다 뒤처지면 낙오자가 된다며 죽기 살기로 달려듭니다. 심지어는 자기가 어디로 가고 있는지도 모릅니다. 오로지 이겨야 한다며 내달리다 끝내는 쓰러지고 맙니다. 남들이 외치는 기준에 도달하려고 기를 쓰느라, 남들 눈치만 보며 달리느라 정작 자신의 본래 모습과 가치는 잃어버리고 맙니다. 남들한테 행복하게 보이기 위해 아등바등하다 정작 자신의 행복을 놓쳐 버립니다. 자기만의 아름다운 꽃을 피울 기회를 스스로 짓밟아 버리는 것이지요.

사람 나고 돈 났지 돈 나고 사람 난 게 아닙니다. 행복한 삶을 위해 돈을 벌어야지, 돈을 위해 행복한 삶을 내팽개쳐서는 안 됩니다. 우리는 돈을 위해서 존재하는 게 아닙니다. 돈이 우리를 위해 존재하는 삶을 살아야 합니다. 돈의 노예가 아니라 돈의 주인이 되는 삶을 살아야 합니다. 어떻게 해야 우리를 위한 삶을 살 수 있을까요? 라이언 홀리데이는 먼저 로마 시대의 철학자 세네카L. A. Seneca가 말하는 에우테미아euthymia를 생각하라고 합니다.

에우테미아는 '마음의 평정'을 뜻하는 그리스어입니다. 에

우테미아는 자신에 대한 믿음이고, 자신이 올바른 길을 가고 있다는 신념입니다. 자신이 가는 길에 끼어드는 방해물에 신경 쓰지 않고, 자신을 유혹하는 달콤한 말에 쉽게 넘어가지 않고, 오로지 자기가 가는 길에 집중하고, 자신이 하는 일에만 몰입하는 것입니다. 남을 이기는 경쟁에 매몰되지 말고 자신의 일에 최선을 다하라는 말이지요. 경쟁에 방점을 찍지 않으니 남들과 비교하지 않습니다. 남들을 깔아뭉개면서 이겨야 할 필요도 없습니다. 남들이 뭐라고 해도 늘 한결같은 마음으로 마음의 평화를 유지할 수 있습니다. 나만의 길을 내가 스스로 걸어가니까요.

세네카가 하는 말은 분명합니다. 이제 마음을 차분하게 해서 자기 자신에게 정말 중요한 게 무엇인지 생각하라는 겁니다. 자기 자신에게 중요하지 않은 것은 모두 과감하게 버리라는 말입니다. 그러지 않으면 무한 경쟁 속에서 영원히 벗어날 수 없습니다. 무한 경쟁에서 이긴다 해도 즐겁지 않습니다. 즐겁지 않으니 성공한 일이 지속되기 힘들고요. 결국 남들한테 행복하게 보이기 위해 살지 말고 자기 자신이 스스로 만족하고 행복하게 사는 삶을 누리라는 것입니다.

그렇다면 이제 무슨 일을 어떻게 해야 할까요? 라이언 홀리데이는 "지금 하는 일을 왜 하는가?"라는 물음부터 던지라고 합니다. 자기 내면으로 깊숙이 파고들어 가서 무엇이 중요하고 중요하지 않은지를 묻고 또 물어서 분명하게 알라는 겁니다. 그래야 나에게 중요하지도 않은 어리석은 경쟁에서 몸을 빼낼 수 있습니다. 그리고 남들한테 쓸데없이 눈길을 돌리지 않고 내가 정말 좋아하는 일을 마음껏 즐길 수 있습니다. 그러지 않으면 우리는 오직 한 번뿐인 삶을 엉뚱한 일에 낭비할 수 있습니다. 예수께서 말씀하시지 않았습니까? 그렇게 낭비하기에는 우리 인생이 너무 아깝다고요.

사람이 만일 온 천하를 얻고도, 제 영혼을 잃으면 무슨 유익이 있겠는가? 사람이 무엇을 주고 제 영혼을 바꾸겠는가?[16]

우리는 누구나 독특한 존재입니다. 천상천하유아독존天上

16 『마가복음』 8장, 36~37쪽.

天下唯我獨尊이라고, 우주 가운데 나보다 더 존귀한 존재는 없습니다. 우리한테는 모두 저마다 독특한 잠재력과 목적이 있습니다. 자신만의 삶을 살아가야만 합니다. 어느 것에 가치를 두고 있는지, 무슨 일을 해야 삶의 의미와 보람을 느끼는지를 자기 자신보다 더 잘 아는 사람은 아무도 없습니다. 자기가 가야 하는 길은 자신이 가장 잘 압니다. 그리고 자신의 길을 제대로 알아야 한 번밖에 살 수 없는 소중한 인생을 낭비하지 않습니다.

저는 이제 저에게 말합니다. 이제 너는 남들이 가는 길이 아니라 너의 길을 가라. 비록 그 길이 좁고 험하더라도 네가 가고 싶은 길을 즐겁게 가라. 그리고 너의 길을 방해하는 사람들을 신경 쓰지 마라. 그런 사람들한테 신경 쓰고 매달리면 너는 결코 자유로울 수가 없단다. 너만의 아름다운 삶을 즐길 수 없다. 천상천하유아독존, 세상에서 너만큼 귀하고 소중한 존재는 없단다. 너는 너의 길을 가야 한다. 파이팅!

아홉

무엇이 진정한 삶인가?

사람은 누구나 한 번뿐인 삶을 삽니다. 우리 삶은 오로지 한 번밖에 주어지지 않습니다. 이처럼 소중한 삶을 망치고 싶은 사람이 있을까요? 단 한 사람도 없을 겁니다. 누구나 행복하고 의미 있게 잘 살고 싶어 합니다. 그렇다면 어떻게 해야 후회 없는 삶을 살 수 있을까요? 이런 물음에 철학자들은 제대로 살고 싶으면 먼저 죽음을 생각하라고 말합니다. 제대로 죽는 방법을 알아야만 제대로 사는 방법을 알 수 있다는 겁니다. 어느 날, 아무 때라도 문득 죽음이 닥쳐왔을 때 미련 없이 죽을 수 있도록 살라는 것이지요. 바로 오늘이 인생의 마지막 날인 것처럼 진정성 있는 삶을 사는 겁니다.

무엇이 진정성 있는 삶일까요? 도대체 어떤 삶이 하루하루를 진정성 있게 살아가는 걸까요? 실존주의 철학자 사르트르에 따르면 남들 평가와 판단에 신경 쓰지 않는 삶이 진정성 있는 삶입니다. 진정성 있는 삶은 타인의 인정과 사랑을 갈망하지 않습니다. 남들이 자신의 삶을 결정하도록 내맡기지도 않습니다. 자신의 길을 자신의 발로 뚜벅뚜벅 걸어갑니다. 자신의 삶은 아무것도 결정된 게 없기에 무엇이든 될 수 있다는 믿음을 갖고 자신이 만들어 갑니다. 아무것도 없기에 무엇이든 가질 수 있습니다. 아무것도 아니기에 무엇이든 될 수 있습니다.

여기 책상이 하나가 있습니다. 이 책상은 이미 결정된 존재로 여기 있습니다. 다른 것으로 될 수 없습니다. 바뀔 수도 없습니다. 그냥 책상으로 존재합니다. 사르트르가 말하는 '즉자in itself'로 존재하는 것이지요. 즉자는 책상처럼 자의식을 갖지 않은 사물을 가리킵니다. 자의식이 없기에 자신의 정체성을 따지지 않습니다. 묻지도 않습니다. 하지만 인간은 다릅니다. 인간은 의식을 가진 '대자for the itself'입니다. 자신의 정체성을 묻기도 하고 의심하기도 합니다.

의식은 무엇일까요? 의식은 생각하는 겁니다. 기쁨을 느낀다고 하는 것처럼 개인이 현실 세계에서 체험하는 모든 정신 작용을 말합니다. 의식은 늘 무엇인가를 갈망합니다. 있는 그대로 만족하지 못하고 늘 무엇인가를 기웃거리며 바랍니다. 그래서 늘 결핍된 존재로 살아갑니다. 이런 의미에서 의식을 가진 인간은 완성된 존재가 아닙니다. 미완성인 존재이기에 무엇이든 될 수 있는 자유가 있습니다. 사르트르가 말했던 것처럼 인간은 실존existence이 존재에 앞섭니다. 인간은 그냥 주어진 존재로 살아가게끔 이 세상에 내던져진 존재가 아닙니다. 책상처럼 이미 정해진 대로 존재하는 게 아닙니다. 자기 자신을 만들어 가는 존재입니다.

다시 한번 말하지만 인간은 아무것도 아닌 존재입니다. 결정된 게 아무것도 없는 존재이기 때문에 무엇이든 될 수 있습니다. 무엇이든 될 수 있기에 '나는 무엇인가 되고 싶다'는 생각과 함께 '나는 정말 무엇이 될 수 있을까?' 하는 생각으로 불안해합니다. 무엇인가 되고 싶다는 바람이 그렇게 될 수 없다는 불안을 안겨 주는 겁니다. 그런 불안이 너무나 커서 대자對自인 인간이 즉자卽自인 사물처럼 되고 싶어 하기도 합니다. 즉자가 되어 남들이 정해 주는 대로 살아가면 편할 것이라는 생각이지요. 남들이 기대하고 판단하는 대로 자신의 삶을 정하는 겁니다. 남들이 인정하고 평가하는 대로 자신의 존재 가치를 느끼는 것입니다. 얼핏 참으로 편한 방법처럼 보이기도 하지요. 남들이 하자는 대로 하면 골치 아프게 선택할 일도 없습니다. 책임질 일도 없고요. 하지만 그렇게 사는 게 진정한 삶일까요? 아닙니다. 남이 시키는 대로 사는 것은 자신의 삶이 아닙니다. 남의 삶을 살아 주는 것일 뿐입니다.

비록 어렵고 힘들더라도 진정한 삶은 자신이 주인이 되어 살아가는 삶입니다. 남들이 시키는 대로 움직이는 게 아니라 스스로 결정하고 책임지는 것입니다. 비록 완벽하지는 못하더라도, 부족하면 부족한 대로 자신의 길을 자신의 두 발로 뚜벅뚜벅 걸어가는 게 진정한 삶입니다. 남들의 눈을 통해 자신의 존재 가치를 찾는 건 진정한 삶이 아닙니다. 남들의 판단과 평가를 무시해서도 안 되지만, 그런 것에 얽매여서는 더욱 안 됩니다. 남들한테 인정받고 존중받는 것은 좋은 일입니다. 그렇다고 해서 아무한테나 인정받고 존중받을 필요는 없습니다. 자신이 진정으로 인정하고 존중하는 사람들한테 인정받고 존중받아야 합니다. 그것이 진정한 삶입니다. 모든 사람에게 인정받고 존중받으려고 애쓰다 보면 결국엔 자기 자신을 잃게 되고 공허함만 남을 뿐입니다.

잘났든 못났든 내 장단에 맞춰 내 춤을 추는 것만큼 자연스럽고 아름다운 일은 없습니다. 남들 장단에 맞춰 살면 한없이 편할지도 모릅니다. 무엇 하나 결정하고 책임질 필요가 없으니 얼마나 좋겠습니까? 하지만 우리는 길가에 널려 있는 돌멩이를 보고 부러워하지 않습니다. 개 팔자가 상팔자라고 하지만 막상 강아지로 다시 태어나라고 하면 화를 냅니다. 돌멩이나 강아지의 삶은 우리가 바라는 삶이 아닙니다.

제가 꿈꾸는 삶도 그렇습니다. 돌멩이나 책상 같은 존재로 살아가고 싶지 않습니다. 아무리 어렵고 힘들더라도 스스로 결정하고 책임지는 사람으로 살아가고 싶습니다. 남들의 장단에 놀아나는 게 아니라 가슴속 깊은 곳에서 들리는 제 목소리에 따라 살고 싶습니다. 설령 마음이 흔들리는 순간이 오더라도 자신을 믿고 존중하면서 한 걸음 한 걸음 나아가는 삶 말입니다. 이렇게 사는 게 말처럼 쉬운 일이 아니라는 걸 잘 압니다. 하지만 노력하면 못 할 게 없다는 것도 잘 압니다.

그러기에 주저하지 않고 저만의 진정성 있는 삶을 위해 노력하고 또 노력하겠습니다. 불교 경전 『숫타니파타』에서 노래하는 것처럼 흙탕물에서 피어나는 연꽃과 같이 아름다운 삶을 반드시 만들겠습니다.

소리에 놀라지 않는 사자처럼

그물에 걸리지 않는 바람처럼

흙탕물에서 피어나는 연꽃처럼

무소의 뿔처럼 혼자서 가라.

열

무엇이 진정으로 나다운 삶인가?

선생님이 글을 읽다 문득 생각나서 보내 주셨다는 시 한 구절을 읽습니다. 미국의 평화주의자이자 시인인 윌리엄 스태포드William Stafford의 「자기에게 물어보라Ask Me」라는 시입니다.

시인은 말합니다. 언젠가 강물이 얼어붙는 날, 그래서 강물이 더는 흐르지 않는 것처럼 보일 때 자기 자신한테 물어보라고요. 자기가 한 일들이 과연 자신의 삶인가? 좀 더 정확하게 말하면 자신이 해 온 일들이 진정으로 자기가 원하는 삶인가? 겉으로 보기에는 모든 것이 아무렇지 않게 잘 돌아가는 것 같지만, 자신의 영혼이 텅 비어 있는 건 아닌가? 만약 이런 물음에 "그렇다!"라고 대답할 수 있다면, 그래서 이제까지 해

온 일들이 정말로 자기가 원하는 삶이라면 아무 문제가 없을 겁니다. 하지만 자신 있게 대답할 수 없다면, 또는 대답하기를 머뭇거린다면 우리는 자신에게 묻고 또 물어야 합니다. 지금까지 내가 무슨 일들을 해 왔는가? 내가 해 온 일들이 과연 내 삶이 맞는가? 나는 지금 무슨 일을 하고 있는가? 이런 일들이 과연 내가 원하는 삶인가? 도대체 나는 누구인가? 나는 어떤 사람이 되어야 하는가? 앞으로 나는 무슨 일을 해야 하는가?

누군가가 말했지요. 삶은 태어나서 죽을 때까지 순간순간 하는 일들의 총합이라고요. 아침부터 밤까지, 월요일부터 일요일까지, 운이 좋으면 100년 정도 우리가 하는 일들을 모두 모아 놓은 게 삶이라는 뜻입니다. 삶이 허망한 안개로 사라지느냐, 아니면 예술 작품으로 남느냐 하는 것은 하루하루 어떤 일을 어떻게 하느냐에 달려 있습니다. '참된 삶'은 그저 하나의 생명체로 생존하는 게 아닙니다. 복잡하게 얽혀 있는 이 세상에서 아까운 시간과 재능을 허비하지 않으면서 자기만의 개성을 마음껏 발휘하는 삶입니다. 자신이 진정으로 원하는 삶이라야 참된 삶입니다.

그렇다면 어떻게 해야 자신이 진정으로 원하는 삶, 자기만의 개성을 마음껏 발휘하는 삶을 만들 수 있는가? 이런 물음에 '교사들의 교사'로 불리는 파커 파머는 무엇보다 먼저 "그대의 삶이 말하게 하라."라고 말합니다.[17] 자신의 삶이 말하는 소리에 귀를 기울여서 자기답게 사는 길을 찾으라는 것이지요.

자기답게 산다는 게 무엇인가요? 남들이 하는 소리가 아니라 자기 가슴이 하는 소리에 귀를 기울이는 겁니다. 바깥에서 밀려드는 요구가 아니라 자기 내면에서 우러나오는 요구에 따르는 것입니다. 조금은 엉성할 수 있지만 자기 자신의 참된 모습을 온전하게 드러내는 겁니다. 완전한 삶이 아니라 진정한 삶을 사는 것입니다.

바깥에서 유혹하는 소리가 넘쳐 나는 요즘 사회에서 자기답게 사는 게 결코 쉬운 일은 아닙니다. 우리의 학교 교육은 첫날부터 자기 자신은 쏙 빼놓고 다른 사람들 말에 귀를 기울이도록 만듭니다. 나를 둘러싼 사람들과 외부의 힘을 가리키며 삶의 길잡이로 삼으라고 합니다. 좋게 말해서 훌륭한 사

---

17 파커 J. 파머, 『삶이 내게 말을 걸어올 때』, 홍윤주 옮김, 한문화, 2019, 19쪽.

람이 되라는 것이지요. 자기한테 맞는지는 따지지도 않고 우격다짐으로 영웅들의 삶을 흉내 내라는 겁니다. 이런 사람들한테 들려주는 이야기가 있습니다.

한평생 하느님의 사랑 속에서 행복하게 살았던 조시아Zussya가 죽을 때였습니다. 훌륭했던 하시디즘hasidism 선생이었던 그가 죽어 가자 많은 사람이 찾아와 여러 가지 말로 위로하고 있었습니다. 마침내 그의 숨이 멈추려고 하자 곁에 있던 사람이 그의 귀에다 대고 말했습니다. "모세Mose를 기억하십시오! 분명히 모세가 선생을 도와주고 인도해 줄 겁니다. 그러니 우리의 모세를 꼭 기억하십시오!"

이스라엘의 종교 지도자이자 민족의 영웅인 모세를 기억하라는 겁니다. 그러면 죽어서도 좋은 일이 있다는 것인데, 그 말을 들은 조시아가 슬그머니 눈을 뜨더니 얼굴에 미소를 지으며 말했습니다.

> 이제 나는 곧 신을 만나게 될 거야. 그럼 곧 신 앞에서 심판받게 될 텐데, 그때 신은 나에게 이렇게 물으실 거야. "너는 왜 모세가 아니었느냐가 아니라, 너는 왜 조시아가 아니

> 었느냐?" 그러니 그런 바보 같은 소릴랑 더는 하지 말게! 내가 뭣 때문에 모세를 닮아야 하는가?[18]

한평생 남을 따라다닌 것도 모자라 죽은 다음에도 누군가의 인도를 받으려고 하는 게 우리의 모습인지도 모릅니다. 하지만 다른 건 모두 흉내 낼 수 있지만 자기 자신을 흉내 낼 수는 없는 것 아닌가요? 그렇습니다. 다른 사람을 흉내 내는 순간, 우리는 자기 자신을 잊어버립니다. 자기 자신으로 살지 못합니다. 거짓된 나로 살 뿐입니다. 아무리 훌륭하고 가치 있는 삶이라도 밖에서 강제된 것입니다. 진정으로 자기다운 삶이 아닙니다. 자기만의 것이 아닌 삶은 결국 거짓된 삶입니다.

저는 그렇게 거짓된 삶을 살기 싫습니다. 완벽하지는 않더라도 진정한 삶을 살고 싶습니다. 그래서 무엇보다 먼저 제 삶이 말하는 소리에 귀를 기울이겠습니다. 그리하여 제 참된 모습을 보여 주는 일을 찾겠습니다. 그리고 마지못해 억지로가 아니라 기쁜 마음으로 기꺼이 따르겠습니다. 아주 많은 시

18 이상봉, 『혹』, 이슈투데이, 2003, 26~27쪽.

간이 걸리고, 아주 많은 고생을 하겠지요. 하지만 지금부터라도 진정으로 저답게 사는 길을 걸어가겠다고 다짐하고 또 다짐하면서, 윤동주 시인의 「서시」를 큰 소리로 읊어 봅니다.

죽는 날까지 하늘을 우러러

한 점 부끄럼이 없기를

잎새에 이는 바람에도

나는 괴로워했다.

별을 노래하는 마음으로

모든 죽어 가는 것을 사랑해야지.

그리고 나한테 주어진 길을

걸어가야겠다.

오늘 밤에도 별이 바람에 스치운다.

열하나

무엇을 해야 행복하게 살 수 있는가?

"인간은 누구나 자신의 인생을 최고 작품으로 만들고자 한다. 누구나 나름대로 자신의 소망에 관심을 기울이고, 자신이 추구하는 목표를 달성하려고 최선을 다해 노력한다."[19]

독일의 심리학자 옌스 푀르스터Jens Forster가 쓴 『나는 정말 나를 알고 있는가』라는 책에 나오는 한 구절인데, 왠지 가슴을 울려 옮겨 적어 봅니다.

우리가 왜 살게 되었는지는 모릅니다. "내가 원해서 태어난 것은 아니지만, 태어났으니까 그냥 사는 것이지. 죽을 때까지

---

19 옌스 푀르스터, 『나는 정말 나를 알고 있는가』, 장혜경 옮김, 웅진지식하우스, 2015, 303쪽.

말이야."라고 말할 수밖에 없는지도 모릅니다. 우리가 왜 태어났는지, 왜 사는지를 자신 있게 말할 수 있는 사람이 과연 있을까요? 없을 겁니다. 하지만 이왕 태어나서 사는 거 멋지게 살아야 하지 않느냐고 하면 누구나 다 고개를 끄덕일 겁니다. 자신의 삶을 아무렇게나 내팽개치고 싶은 사람은 아무도 없을 테니까요. 할 수만 있으면 누구나 최선을 다해 아름다운 삶을 꾸미고 싶을 겁니다. 그것이 바로 우리가 발을 동동거리며 열심히 사는 이유 아닐까요?

그렇다면 어떻게 살아야 할까요? 어떻게 해야 저마다 꿈꾸는 소망을 아름답게 이룰 수 있을까요? 가장 먼저 자신이 정말 좋아하는 일을 찾는 겁니다. 남들이 좋다고 하는 일이 아니라 자신의 가슴 저 깊은 곳에서 말하는 일을 찾는 것입니다. 게다가 아무나 할 수 있는 일이 아니라 자신만이 할 수 있는 일이라면 더욱 좋겠지요. 성공이 아무리 좋다고 해도 자신이 정말 좋아하는 일로 성공해야 하지 않을까요? 그러지 않으면 공허할 뿐입니다.

하지만 자신이 좋아하는 것만 가지고는 안 됩니다. 아무리 자신이 좋아한다고 해도 자신의 능력을 벗어나는 일이라면,

그래서 하고 싶어도 할 수 없는 일이라면 무슨 소용이 있겠습니까? 자신이 정말 좋아하고 할 수 있는 일을 찾아서 해야 합니다. 그래야 신바람이 나는 법입니다. 신바람이 나야 무슨 일이든 할 수 있습니다. 안되는 일을 해도 잘될 수 있고요.

자신이 좋아하는 일을 잘하는 것만으로도 부족합니다. 사이코패스처럼 사람 죽이는 일을 좋아하고 잘할 수 있다면서 설쳐 댄다면 얼마나 끔찍한 일입니까? 아무리 자신이 좋아하고 잘할 수 있는 일이라도 법과 도덕이 허용하지 않는 일을 해서는 안 됩니다. 자신이 좋아하고 잘하되 올바른 일을 해야 합니다. 세상은 나 혼자 사는 게 아니라 여럿이 어울려 살아야 하는 법이니 자신뿐만 아니라 남한테도 좋은 일을 해야 합니다.

자신이 정말 좋아하는 일을 죽어라 해서 잘하게 되고, 또 그 일이 자신뿐만 아니라 세상에도 올바른 일일 때 내 삶이 진정으로 행복해질 수 있습니다. 세상도 아름다워지고요. 그런데 요즘 세상 돌아가는 것을 보면 자기가 좋아하는 일과 잘하는 일에만 초점을 맞추는 것 같습니다. 무엇이 진짜 중요하고 가치 있는 일인지보다는 어떻게 해야 남보다 앞설 수 있는지만 따집니다. 내가 정말 좋아하는 일이 나에게 어떤 의미와 가치가 있는지 따지기보다 내가 좋아하는 일로 나의 존재가치를 드러내려고만 합니다. 이것을 도구 삼아 어떻게 하면 남보다 앞설 수 있는지만 따집니다. 가치나 의미보다는 능력과 성과만을 앞세우다 보니 말하기조차 싫은 일들이 심심치 않게 벌어집니다. 참으로 안타깝게도 말입니다.

옌스 푀르스터를 비롯한 많은 심리학자들이 연구한 결과, 올바른 방식만큼 중요한 것은 없다고 합니다. 커닝하지 않고 올바른 방식으로 정당하게 시험에 합격했다면 부정한 방법으로 목표에 도달했을 때보다 기분이 훨씬 좋다는 것입니다. 무엇보다 자기 자신이 가치 있는 존재라고 느끼는 자존감 때문이지요. 자존감은 성과만을 앞세우는 결과가 아니라 방법과 과정을 중시합니다. 그런 자존감이야말로 우리 삶에 엄청난 활력과 성취감, 충만함을 안겨 줍니다.

그렇다면 자존감을 어떻게 키울 수 있을까요? 어떻게 해야 자기 자신이 가치 있는 존재라고 느끼며 살 수 있을까요? 옌스 푀르스터는 무엇보다 먼저 자신이 변할 수 있다는 믿음부터 가지라고 합니다. 세상이 끊임없이 변하듯이 우리 자신도 끊임없이 변한다는 겁니다. 실존주의자들이 주장하는 것처럼 돌멩이는 돌멩이로 끝나고 책은 책으로 끝나지만, 인간은 무엇으로든 바뀔 수 있습니다. 가난했던 사람이 부자가 될 수 있습니다. 떵떵거리며 잘나가던 사람이 비참하게 망가지기도 하는 게 우리 인간입니다. 개나 고양이는 주어진 존재로만 살아갑니다. 하지만 인간은 자신을 만들어 가는 존재입니다.

우리는 다른 생명체들과 달리 변할 수 있습니다. 게다가 세상 모든 것에는 좋은 점과 나쁜 점이 함께 공존합니다. 누구한테나 장점이 있고 단점이 있습니다. 자신에게 맞는 상황이 된다면 약점이 강점으로 바뀔 수도 있습니다. 우리는 상황을 우리에게 유리하도록 바꿀 수 있습니다. 생각을 바꾸어 자신에게 맞는 사람과 상황을 찾으려고 노력하기만 하면 얼마든지 약점을 강점으로 바꿀 수 있습니다. 그리고 힘든 일일수록 가치가 높아지는 법입니다. 힘들지 않은 일과 당장의 즐거움을 주는 일은 우리를 좋은 곳에 이르게 할 수 없습니다. 절실하고 철저한 준비와 노력만이 우리 삶을 훌륭하고 아름답게 만들 수 있습니다. 고대 그리스의 시인 헤시오도스Hesiodos가 노래했던 것처럼 말입니다.

열등한 것들은 힘들이지 않고도 무더기로 얻을 수 있소.

그것들로 가는 길은 평탄하고 아주 가까운 곳에 있기 때문이오.

하지만 뛰어난 것들 앞에는 불사신께서 땀을 갖다 놓으셨소.

그리로 가는 길은 멀고 가파르며 울퉁불퉁하기까지 하다오.

하지만 일단 정상에 오르면

처음에는 힘들었지만 나아가기가 아주 수월하지요.[20]

자신이 정말 좋아하고 잘하는 일을 그리고 누구나 인정하는 가치 있고 보람 있는 일을 하는 게 행복한 삶을 이루는 길이라면 이제 제가 해야 하는 것은 분명합니다. 행복한 삶을 이루는 일을 찾아서 열심히 하는 겁니다. 그러려면 먼저 스스로를 무한히 변할 수 있는 존재라 믿고 노력해야 합니다. 절실한 마음으로 철저하게 노력하기만 하면 지금 꿈꾸는 삶을

20 헤시오도스, 「일과 날」, 287~292행.

얼마든지 이룰 수 있을 것입니다. 저를 저답게 만들어 주는 꿈을 말입니다.

열둘

진짜 사랑이란 무엇인가?

젊은 사람치고 사랑에 대해 생각해 보지 않은 사람이 있을까요? 누군가를 사랑하고, 누군가에게 사랑을 받아 보는 게 무엇인가? 이런 생각을 한 번도 해 보지 않은 사람이 있을까요? 단 한 사람도 없을 겁니다. 사랑만큼 행복한 일도 없고, 사랑만큼 중요한 일도 없으니까요. 사랑만큼 상처를 주고 상처를 받기 쉬운 일도 없고요.

사랑은 우리 모두가 원하는 겁니다. 모두가 원하지만 사랑을 찾는 일만큼 어려운 것도 없습니다. 어쩌다 찾은 사랑을 유지하는 일은 더 어렵고요. 그렇다 보니 사랑에 대해 생각하면 할수록 더욱 혼란스러워질 뿐입니다. 사랑이 무엇이기에 이리도 어려울까요? 다른 누군가를 사랑한다는 것은 도대체 무엇인가요?

사랑이라고 하면 우리는 흔히 낭만이 넘치는 연애를 생각합니다. 남녀의 짜릿하고 달콤한 연인 관계를 생각합니다. 하지만 사랑은 한 가지 종류만 있는 게 아닙니다. 성애性愛를 중심으로 하는 에로스eros도 있고, 이타주의 희생을 내세우는 아가페agape도 있습니다. 그런가 하면 친구 사이의 우애와 형제애를 앞세우는 필로스philos도 있습니다. 이렇게 여러 종류 가운데 우리가 말하는 사랑은 '삶의 의미를 찾아 주는 사랑'입니다. 로고테라피를 창시한 심리학자 빅터 프랭클Victor Frankl이 주장하는 사랑이지요.

삶의 의미는 무엇이고, 삶의 의미를 찾아 주는 사랑은 무엇인가요? 간단하게 말해서 삶의 의미는 삶에서 추구하는 가치와 목적을 말합니다. 도대체 내가 왜, 무엇 때문에, 누구를 위해 살아야 하는가? 이런 물음에 자신 있게 대답할 수 있는 삶의 이유와 목적 그리고 가치가 삶의 의미입니다. 독일의 철학자 니체F. W. Nietzsche는 삶의 의미를 이렇게 표현합니다. "왜 살아야만 하는지를 아는 사람은 어떤 상황에서도 견딜 수 있다." 살아야만 하는 이유가 있는 사람은 어떻게 해서든지 살아간다는 말입니다. 아주 멋진 표현이지요.

프랑스의 작가이자 사상가 카뮈A. Camus는 인간한테 가장 중요한 문제는 삶의 의미와 가치라고 말했습니다. 어떻게 살아야 하는지가 아니라, 살아야 하는 이유와 가치를 갖는 게 무엇보다 중요하다는 뜻이지요. 프랭클이 말하는 사랑이 바로 그렇습니다. 우리가 살아야만 하는 이유와 가치를 갖게 해주는 사랑이지요. 이런 사랑은 단순히 즐기기 위한 게 아닙니다. 즐기기 위한 사랑은 그저 성욕을 채우기 위한 것일 뿐입니다. 또한 잘살기 위한 수단으로 선택되는 사랑도 아닙니다. 이런 사랑은 겉으로 드러난 부와 지위를 사랑하는 것일 뿐입니다. 단순히 즐기거나 잘살기 위한 수단으로 선택되는 사랑은 진정한 사랑이 아닙니다. 그런 사랑은 단지 자신의 욕망을 충족하기 위한 겁니다. 필요하면 언제든지 바꿔치기할 수 있습니다. 자신의 욕망만 채워 주면 그만이니까요.

그렇다면 진짜 사랑은 무엇인가요? 진짜 사랑은 바꿔치기할 수 없는 사랑입니다. 자기가 진짜 사랑하는 사람이 죽었을 때 그의 쌍둥이 형제나 자매를 대신 사랑할 수 있을까요?

절대 그럴 수 없을 겁니다. 진짜 사랑은 겉모습이 아니라 그만이 가지고 있는 인격을 사랑하는 것인데, 그만의 고유한 인격을 어떻게 바꿔치기할 수 있겠습니까? 절대 바꿔치기할 수 없습니다.

진정한 사랑은 사랑하는 사람을 있는 그대로 받아들이는 겁니다. 사랑하는 사람만이 가지고 있는 모습과 그 사람일 수밖에 없는 모습을 알아보고 받아들이는 것입니다. 그 사람이 될 수 있는 것과 되어야 하는 미래의 모습까지 알아보고 받아들이는 겁니다. 러시아 소설가 도스토옙스키F. M. Dostoevskii가 아름답게 표현했듯이 사랑은 자기가 사랑하는 사람을 신께서 본래 의도하셨던 모습대로 보는 겁니다.

사랑하면 눈이 먼다는 건 말이 되지 않습니다. 겉모습에 혹惑해서 반했을 때는 눈이 멀지도 모릅니다. 하지만 진정한 사랑을 하게 되면 오히려 눈이 트입니다. 눈이 트일 뿐 아니라 꿰뚫어 보게 됩니다. 사랑하는 사람한테서 아름다운 가능성을 본다는 건 아직 현실이 아닙니다. 가능성은 아직 실현되지 않은 것입니다. 미래에 실현되는 것입니다.

어떻게 해야 사랑하는 사람을 있는 그대로 받아들일 수

있는가? 과연 어떻게 해야 사랑하는 사람의 현재뿐만 아니라 미래 모습까지 모두 있는 그대로 받아들일 수 있는가? 이런 물음에 정신분석학자 에리히 프롬은 보살핌care과 책임responsibility, 존중respect과 앎knowledge이라는 네 가지를 요구합니다.

보살핌은 자녀에 대한 어머니의 사랑처럼 사랑하는 사람의 삶과 성장에 적극 관심을 보이는 것입니다. 관심이 없는 곳에서는 결코 사랑이 피어날 수 없습니다. 보살핌과 관심은 사랑의 또 다른 측면인 책임을 암시합니다. 책임은 사랑하는 사람의 요구(그것이 표현되었든 표현되지 않았든)에 반응하는 겁니다. 반응할 능력이 없거나 준비가 되어 있지 않으면 사랑할 수 없습니다.

보살핌과 책임만으로는 아직 안 됩니다. 보살핌과 책임은 존중이 뒷받침되어야 합니다. 존중이 뒷받침되지 않는다면 보살핌과 책임은 지배나 소유로 쉽게 타락할 것입니다. 존중은 사랑하는 사람이 본래 모습대로 성장하고 발전하도록 보살피는 겁니다. 자기를 위하는 게 아니라 사랑하는 사람이 그를 위해 스스로의 방식으로 성장하고 발전하도록 도와주는 것입니다.

끝으로 존중은 앎을 전제로 합니다. 자기가 사랑하는 사람을 알지 않고서는 그를 존중할 수 없습니다. 보살핌과 책임도 앎으로 이끌리지 않는다면 소용이 없습니다. 마찬가지로 앎도 보살핌과 책임 그리고 존중이라는 마음 없이는 공허해질 것이고요. 앎은 사랑하는 사람의 주변에 머무르지 않고 중심부로 뚫고 들어가서 그의 참모습을 보는 겁니다.

요컨대 삶의 의미를 갖게 해 주는 사랑은 사랑하는 사람의 인격을 있는 그대로 받아들이는 겁니다. 사랑하는 사람의 현재와 미래 모습을 있는 그대로 모두 받아들이는 겁니다. 사랑하는 사람의 의미 있는 삶을 위한 관심과 보살핌, 책임과 존중 그리고 앎이라는 활동을 통해 자기가 사랑하는 사람은 물론 자기 자신도 함께 성숙하는 것입니다. 역설처럼 들리지만 누군가를 사랑하기 때문에 자기가 살아야 할 이유와 가치를 찾게 되는 겁니다. 사랑하는 사람이 존재하기에 자기 삶의 의미와 가치를 찾게 되는 게 진짜 사랑입니다. 얼마나 멋진 일입니까?

이제 저는 이런 사랑을 위해 노력하겠습니다. 누군가를 사랑하는 것이 자신을 살아 있게 해 주는 가치 있고 의미 있는 일이 되도록 노력하겠습니다. 누군가에게 관심을 보이고, 책임지고, 존중하는 게 결코 쉬운 일은 아닙니다. 게다가 이런 일은 누구도 대신해 줄 수 없어서 더욱 힘들다는 걸 잘 압니다. 하지만 도종환 시인이 노래했듯이 흔들리지 않고 피는 꽃이 어디 있습니까? 힘들면 힘든 만큼, 흔들리면 흔들리는 만큼 가치와 의미도 더 커지는 것 아닙니까? 이제 저는 시인이 노래한 「흔들리며 피는 꽃」처럼 흔들리지만 쓰러지지 않는 꽃과 같은 아름다운 사랑을 위해 노력하고 또 노력하겠습니다.

열셋

진정한 우애란 무엇인가?

요즘 "세상 참 좋아졌다!", "세상 참 편리해졌다!"라는 말을 많이 듣습니다. "돈만 있으면…."이라는 단서가 붙어서 그렇지, 편리해진 부분이 한두 개가 아니지요. 그 가운데서도 가장 편리해진 게 의사소통 아닐까 합니다. 이름도 모르는 기계들을 쏟아 내는 정보 통신 기술 덕분에 과거에는 상상할 수도 없었던 일들이 벌어집니다. 지구상의 모든 사람이 어디서든 실시간으로 연락을 주고받을 수 있으니 얼마나 편리하고 신나는 세상입니까?

그런데 한 가지 이상한 게 있습니다. 한없이 편리해진 기계 덕분에 누구한테나 연락할 수 있고 어느 곳이든 실시간으로 찾아가 만날 수 있는데, 외로움은 더 커져만 간다고 합니다. 24시간 열려 있는 세상이 되어 언제든지 메시지도 보내고 통화도 할 수 있는데 말입니다. 참으로 이상한 노릇이지요. 왜 그럴까요? 어째서 사람들은 가면 갈수록 편리해지는 세상을 살면서 외로워서 못 살겠다고 할까요?

문제는 정작 만날 수 있는 사람이 없기 때문입니다. 사람을 이어 주는 환경이 편리하면 편리할수록 만날 수 있는 사람이 많아져야 하는데 현실은 그렇지 않은 겁니다. 여러 가지 업무로 만나는 사람은 많으나, 나만의 일로 만나고 싶은 사람이 없습니다. 오히려 귀찮아서 만나기 싫은 사람만 점점 늘어 갑니다. 그러다 보니 마음 한편이 늘 채워지지 않은 채 허전하고 외로워지는 게 아닐까요? 한마디로 말해서 언제든지 기쁜 마음으로 만나 우애를 나눌 친구가 없는 겁니다.

우애란 뭘까요? 우애를 나눌 수 있는 진정한 친구는 또 어떻게 만들 수 있을까요? 아리스토텔레스에 따르면 우애는 연인이나 친구를 한데 묶어 주는 심오한 정情으로 필리아philia라고 불립니다. 우애는 흔히 말하는 사랑과 우정을 뭉뚱그린 것으로, 보통 세 가지 방식으로 유지됩니다. 첫째는 오로지 재미나 쾌락을 위해서만 유지되는 우애이고, 둘째는 이해관계나 유용성을 위해서 유지되는 우애이며, 셋째는 친구를 하나의 인격체로 사랑하는 우애입니다. 말할 것도 없이 세 번째가 가장 고귀하고 진정한 우애입니다. 가장 오랫동안 지속되는 우애이고요.

진정한 우애는 친구를 하나의 인격체로 만나는 겁니다. 재미나 이해관계를 위해 만나는 게 아닙니다. 인격과 인격으로 만나는 겁니다. 재미를 바라는 게 아닙니다. 어떤 이익을 바라고 만나는 것도 아닙니다. 오로지 사람 됨됨이 때문에 만나는 겁니다. 서로의 인격이 잘되기를 바라고 실제로 잘되도록 노력하는 겁니다. 세상을 살다 보면 어쩌다 친구가 내 일을 도와줄 수는 있습니다. 하지만 나를 도와주지 않는다고 해서, 좀 더 심하게 말하면 이용 가치가 없다고 해서 끊어지는 건 진정한 우애가 아닙니다. 설사 그런 일이 있어도 끊어지지 않고 변함없이 이어지는 게 진정한 우애입니다.

진정한 우애는 자신과 친구가 온전히 본연의 모습이 되는 기쁨을 맛보는 관계입니다. 꾸밈없는 자신의 진짜 모습을 있는 그대로 보여 주며 서로 사랑하고 사랑받는 것만으로 최고의 기쁨을 주고받는 겁니다. 자기 본연의 모습을 실현하는 것처럼 기쁜 일은 없기 때문이지요. 바로 이런 점에서 진정한 우애는 상호성에 바탕을 둡니다. 진정한 우애는 나를 좋아하지 않는 사람에게 나 혼자만 느끼는 관계가 아닙니다. 물론 아무것도 바라지 않고 순수하게 자기 것을 내주고 도와주는 기쁨도 있습니다. 하지만 이런 건 진정한 우애와 다른 차원의 사랑입니다. 상호성이 없으면 금세 희생과 슬픔으로 전락하기 마련입니다. 자기만을 위하라고 강요해서도 안 되고, 상대방을 위해 희생하는 것도 안 되는 게 진정한 우애입니다. 진정한 우애는 두 사람이 서로를 선택해서 모두 잘되도록 서로를 키워 나가는 겁니다.

이렇게 볼 때 우리가 외로워서 못 살겠다고 힘들어하는 이유는 분명한 것 같습니다. 모두가 재미나 이해관계를 위한 우애를 추구할 뿐 진정한 우애를 추구하지 않기 때문입니다. 그러니 불완전한 관계가 될 수밖에 없습니다. 불완전한 관계가 될 수밖에 없으니 순수한 기쁨보다는 오히려 불안해할 때가 더 많습니다. 내가 재미를 주지 못하면 친구는 불만을 드러낼 겁니다. 나에게 이용 가치가 없어지면 친구는 떠나갈 것입니다. 얼마나 슬픈 일입니까?

우리에게 『천주실의』로 잘 알려진 마테오 리치가 말했지요. 몸은 비록 두 개이지만 두 몸 안에 있는 마음은 하나일 뿐인 게 진정한 우애라고요. 내 벗은 남이 아니라 바로 나의 반쪽이니 '두 번째 나'라는 겁니다. 또 프랑스의 철학자 몽테뉴도 말했지요. 두 사람의 영혼과 영혼이 완전히 하나가 되어 이음매를 알아볼 수 없는 관계가 진정한 우애라고요. 얼마나 멋지고 아름다운 말입니까? 이제 저는 이런 우애를 위해 노력하겠습니다. 단 하나의 벗이라도 내 영혼을 함께하는, 그래서 남이 아니라 저의 반쪽이 되는 벗을 만들어서 행복한 삶을 이루도록 최선을 다하겠습니다. 함석헌咸錫憲 선생님이 노래한 시 「그 사람을 가졌는가」의 앞부분을 아주 천천히 읊으면서 아름다운 우애를 위해 열심히 노력하겠다고 다짐합니다.

만 리 길 나서는 길

처자를 내맡기며

맘 놓고 갈 만한 사람

그 사람을 그대는 가졌는가?

온 세상 다 나를 버려

마음이 외로울 때도

'저 맘이야' 하고 믿어지는

그 사람을 그대는 가졌는가?

탔던 배 꺼지는 시간

구명대 서로 사양하며

'너만은 제발 살아 다오' 할

그 사람을 그대는 가졌는가?

열넷

어떻게 슬기로운 직장 생활을 할 수 있는가?

직장 생활을 시작한 지 어느덧 2년이 되었습니다. 직장 생활을 하면서 줄곧 고민하는 게 있습니다. 어떻게 해야 직장 생활을 슬기롭게 헤쳐 나갈 수 있을까? 직장 생활을 하는 사람이라면 누구나 갖는 문제이지요. 이를 해결하는 방법은 과연 무엇일까요?

처음에는 저에게 주어진 업무만 잘 처리하면 되는 줄 알았습니다. 업무 능력만 뛰어나면 직장 생활을 하는 데 아무 문제가 없을 것으로 생각했습니다. 그래서 업무 능력을 키우는 데 몰두했고 맡은 업무를 성심성의껏 처리했습니다.

그런데 이상합니다. 시간이 흐를수록 업무 능력은 점점 늘어 가는데 직장 생활은 여전히 어려운 겁니다. '도대체 무엇이 문제인가?' 깊이 생각하다 어렴풋이 알았습니다. 직장 생활은 업무 능력만 가지고 되는 게 아닙니다. 업무 능력과 함께 관계 능력이 필요합니다. 업무 능력과 관계 능력 두 가지가 적절하게 조화를 이루어야 한다는 겁니다.

업무 능력은 자신에게 주어진 일을 잘 처리하는 능력입니다. 어떻게 보면 쉬운 일이지요. 혼자 노력하기만 하면 업무를 처리하는 실력을 얼마든지 키울 수 있으니까요. 그런데 관계 능력은 다릅니다. 관계 능력은 직장 생활을 하면서 만나는 사람과 좋은 인간관계를 맺는 능력인데, 이건 혼자서 키울 수 있는 능력이 아닙니다. 관계를 맺는 상대방이 도와주지 않으면 어떻게 해 볼 도리가 없으니까요. 업무 능력이 아무리 뛰어나도 인간관계가 받쳐 주지 않으면 정말 힘든 게 직장 생활 아닙니까?

가만히 돌이켜 보면 그동안 저는 업무 능력을 키우는 데만 몰두했습니다. 자연스레 관계 능력을 키우는 데는 소홀했습니다. 관계 능력이 받쳐 주지 않으면 업무 능력은 빛을 발휘할 수가 없다는 걸 뒤늦게야 알았습니다. 직장 업무라는 게 결국엔 직장의 공동 목표를 이루기 위해 구성원 모두가 연관돼 있는 일이기 때문입니다. 이런 점에서 어쩌면 업무 능력보다 훨씬 중요한 게 관계 능력입니다.

관계 능력은 어떻게 키울까요? 어떻게 해야만 사람들과 좋은 관계를 맺을 수 있을까요? 이런 물음의 답으로 공자孔子는 화이부동和而不同을 강조합니다. 조화를 이루되 하나만을 고집하지 말라는 겁니다. 직장이라는 게 본래 서로 다른 사람들이 모인 곳입니다. 생각과 가치관이 서로 다른 사람들이 모여 다른 일을 하며 공동의 목적을 추구하는 곳입니다. 그렇다 보니 자기 자신만을 내세울 수 없습니다. 다른 사람들과 화합하고 우호 관계를 맺어야 합니다. 그러려면 어떻게 해야 할까요? 자신과 다르더라도 상대방의 견해를 인정하고 받아들일 줄 알아야 합니다. 자신과 다른 의견도 존중하면서 사람들과의 화합을 유지하는 게 바로 관계 능력입니다.

그렇다고 다른 사람들의 의견과 관점을 무조건 받아들이라는 뜻이 아닙니다. 관계 능력을 핑계로 다른 사람의 의견을 무조건 받아들이는 건 노예가 되는 길입니다. 그건 진정한 의미의 관계 능력을 키우는 게 아닙니다. 진정한 의미의 관계 능력은 필요한 때마다 적절하게 자신의 의견과 관점을 내세워서 사람들을 설득할 줄도 알아야 합니다. 개인이 아니라 조직 전체의 이익을 위해서 그리고 삶의 원칙을 지키는 문제라면 자신의 견해를 숨기지 않고 용기 있게 밝혀야 합니다. 설사 다른 사람들의 눈총을 받는 일이 있더라도 말입니다.

상선약수上善若水, 가장 좋은 것은 물과 같이 사는 것이라는 노자老子의 가르침이 떠오릅니다. 물은 만물을 이롭게 할 뿐 다투지 않습니다. 높은 곳으로 오르겠다고 다투지 않고 언제나 낮은 곳으로 내려갑니다. 그것만이 아닙니다. 언제나 자기의 모습을 고집하지도 않습니다. 둥근 그릇에 담으면 둥근 모습을 띠고, 네모난 그릇에 담으면 네모난 모습을 띱니다. 움직일 때도 땅의 모습에 따라 흘러가며 남보다 앞서지 않고 늘 뒤따릅니다. 자신의 길을 가로막는 게 있어도 장애물이라며 갈등을 빚거나 다투지 않습니다. 그저 휘감고 돌아가거나 비켜 갈 뿐입니다. 어떻게 보면 한없이 나약하고 바보 같은 게 물입니다.

하지만 물은 자신의 본질을 잃어버리는 법이 없습니다. 둥근 그릇에 담기든 네모난 그릇에 담기든 언제나 물로 남습니다. 비록 형태는 바뀔 수 있으나 자신이 물이라는 걸 잊어버리지 않습니다. 게다가 언제나 낮은 곳으로 흐르고 흘러 결국엔 바다라는 어마어마한 세계를 이룹니다. 얼마나 멋지고 아름다운 일입니까?

저는 그런 물의 지혜를 배우고 싶습니다. 남과 다투지 않고 언제나 아래로 흐르나, 쉬지 않고 흘러 끝내는 한없이 넓고 큰 바다를 만드는 물의 성실성을 배우고 싶습니다. 이런 물의 지혜와 성실성이야말로 슬기로운 직장 생활에 필요한 업무 능력과 관계 능력을 키우는 가장 좋은 방법이니까요. 어디 직장 생활만 그렇겠습니까? 어디에서 무슨 일을 하든 삶을 아름답고 의미 있게 만들어 주는 가장 좋은 방법이 아닐까요? 다시 한번 물의 지혜와 성실성을 생각하며 노자의 가르침을 큰 소리로 읊어 봅니다.

上善若水 水善利萬物而不爭 居衆之所惡 夫唯不爭 故無尤

가장 좋은 것善은 물水과 같다. 물은 만물을 이롭게 하면서도 다투지 않고, 뭇사람이 싫어하는 데 머무는 일을 잘한

다. 오로지 다투는 일이 없으니 허물이 없다.[21]

21 『노자』 08.

열다섯

반드시 성공해야만 하는가?

문득 생각해 봅니다. 세상을 살면서 자신이 정말 하고 싶은 것을 진지하게 고민해 본 사람이 과연 얼마나 될까요? 치열한 고민 끝에 자기가 정말 하고 싶은 것을 찾아내서 실천하는 사람은 또 얼마나 될까요?

일기일회一期一回, 우리 인생은 단 한 번밖에 주어지지 않습니다. 한 번뿐인 삶을 아무렇게나 되는 대로 살고 싶은 사람은 없을 겁니다. 누구나 자신의 삶을 멋지고 의미 있게 만들고 싶을 것입니다. 하지만 희망은 늘 현실이라는 벽에 부딪힙니다. 게다가 그 벽이 너무나 두터워 뚫지 못하고 주저앉아 저마다 쓰라린 상처를 보듬고 있습니다. 우리는 왜 이렇게 힘들게 사는 걸까요? 현실이라는 벽을 뚫고 앞으로 나갈 수는 없을까요?

내 삶에서 정말 중요한 건 뭘까요? 도대체 내 안에 있는 진짜 욕망은 뭘까요? 때로는 너무 힘들어 세상이 정해 주는 틀에 들어가 버리고 싶을 때가 많습니다. 남들과 같아지려고 안간힘을 쓰기도 합니다. 남들이 하는 대로 따라가면 걱정할 것도 없습니다. 책임질 것도 없습니다. 그러니 얼마나 편하겠습니까? 하지만 '이건 아냐' 하며 고개를 흔듭니다. 그렇게 살면 편할지는 몰라도 진정한 삶은 아니라고 고개를 흔듭니다. 내 삶을 정해 주는 지표가 내 안이 아니라 밖에 있기 때문입니다. 내 밖에 있는 지표를 보고 따라가는 것은 내 발로 가는 게 아닙니다. 남의 장단에 맞춰 끌려가는 겁니다. 언젠가 공허한 가슴만 어루만지며 후회하고 아쉬워할 걸음입니다.

도종환 시인은 「흔들리며 피는 꽃」을 통해 흔들리지 않고 피는 꽃은 어디에도 없다고 노래합니다. 다만 흔들리다 제자리로 돌아와서 다시 꽃을 피우는 거라고요. 우리도 마찬가지입니다. 젖으며 따뜻한 빛깔의 꽃을 피우는 것이지요. 하지만 늘 젖어 있기만 한 꽃은 없습니다. 그래서 러시아의 국민 시인이자 소설가 푸쉬킨A. S. Pushkin은 삶이 그대를 속일지라도 슬퍼하거나 노하지 말라고 노래한 것 아닙니까?

삶은 때때로 우리를 속입니다. 슬퍼하거나 노여워할 때가 너무 많습니다. 하지만 시인은 아무리 힘들고 어려워도 참고 견디라고 합니다. 그러다 보면 언젠가 즐거운 날이 반드시 찾아온다는 겁니다. 오늘의 어려움이 아름다운 추억으로 기억될 것이라고요.

두 시인의 시를 읊어 보면서 스스로 물어봅니다. '수고가 헛되지 않은 일은 과연 무엇일까? 시간을 낭비하지 않고 뿌듯한 마음으로 한 해 한 해를 보낼 수 있는 일은 또 뭘까?' 이렇게 묻고 또 물으면서 살아가다 보면 모든 일이 바라는 대로 꽃피지는 못해도, 적어도 이렇게 말할 수는 있지 않을까요? "아, 후회는 없다. 내 능력껏 최선을 다했으니까."

앞으로 저는 힘들고 어려운 일들에 많이 흔들릴 겁니다. 하지만 언젠가 저만의 향긋한 꽃을 피워 낼 그날을 위해 꿋꿋이 견뎌 나가겠다고 다짐합니다. 독일의 철학자 니체의 말을 가슴 깊이 새기면서요.

나는 자주 물었다. 다른 어떤 시기보다도 내 생애에서 가장 힘들었던 시기에 깊이 의지하고 있는 게 무엇일까? 나의 가장 깊은 내면의 본성에 따르면, 높은 차원과 거시 차원에서 보면 모든 필연은 유익한 것이다. 우리는 그것을 견디는 걸 넘어서 사랑해야 한다. 운명애amor fati, 이것이 나의 가장 깊은 내면의 본성이다. 나는 건강보다도 병약함에, 즐거움보다도 고통에 말할 수 없을 정도로 많은 덕을 보았다. 나의 철학조차도 그런 병약함과 고통에 빚을 지고 있다. 커다란 고통이야말로 정신의 최후 해방자이다. (중략) 나는 그런 고통이 우리 삶을 깊어지게 한다는 사실을 안다.[22]

니체는 말합니다. 피할 수 없으면 즐겨라! 아무리 험난한 운명이라도 사랑해라! 초인超人처럼! 험난한 운명을 자신이 성장할 수 있는 토대로 이용하고 승화시키라는 겁니다. 비록 사회에서 성공하지 못하더라도 삶을 낭비하지 않고 최대한 능력을 발휘해서 자신이 처한 상황을 자기 발전의 계기로 삼

---

22 박찬국, 『사는 게 힘드냐고 니체가 물었다』, 21세기북스, 2018, 87쪽.

으면 된다는 겁니다. 자신의 운명을 철저하게 긍정하면서 자신이 겪었던 모든 고통이 다시 와도 좋다고 말할 수 있으면 됩니다. 그러면 사회에서의 성공과 실패에 큰 의미가 없어집니다. 이미 자신의 삶이 성공했기 때문입니다. 니체가 그랬던 것처럼 말입니다.

열여섯

늘 즐겁고 신나야 하는가?

몇 년 살아 보지 않았지만, 한 해 한 해 보내면서 점점 절실하게 느껴지는 게 있습니다. 바로 세상일이 내 뜻대로 흘러가지 않는다는 점입니다. 딱히 잘못한 것도 없는데 온갖 아픔과 시련이 찾아오기도 합니다. 세상이 참 불공평하다고 느껴져 속이 상합니다. 세상이 나한테 등을 돌린 것처럼 화가 나기도 하고요. 이럴 땐 별생각이 다 듭니다.

그런데 한 가지 희한한 일이 있습니다. 화가 나고 속이 상하다가도 공부 모임에 가면 이런 마음이 눈 녹듯 스르르 사라지는 겁니다. "이런 마음의 늪에 깊이 빠지는 것만큼 위험한 일은 없다. 이런 마음은 판단력을 순식간에 삼켜 버려 우리를 눈뜬장님으로 만드니 정신을 바짝 차려야 한다."라고 가르치는 말씀을 듣다 보면 당장 눈앞이 캄캄한 것처럼 무섭고 당황스러운 마음에 한 줄기 밝은 빛이 들어옵니다. 참으로 신기하게도요.

살다 보면 누구나 어렵고 힘든 일을 만나게 됩니다. 생각지도 못했던 크고 작은 장애물들이 닥쳐왔을 때 누구나 당황하게 됩니다. 그럴 때 당황하지 않을 사람이 얼마나 될까요? 힘든 난관을 하나하나 헤쳐 나가는 과정이 삶이라고 합니다. 하지만 문제를 제대로 파악해서 적절히 대응하지 못하는 경우가 얼마나 많습니까? 해결 방안은커녕 더 많은 실수만 늘어놓다가 더는 견디지 못하겠다며 스스로 목숨을 끊는 사람까지 나오지 않습니까? 이렇게 힘들 때 크고 작은 난관들을 의연하게 넘기려면 어떻게 해야 할까요? 공부 모임에서 읽은 미국의 연방 대법관 올리버 홈스Oliver Holmes의 말을 옮겨 봅니다.

이겨 내기 어려워 보이는 문제들도 의외로 쉽게 풀릴 수도 있다는 사실을 늘 기억하라. 미래를 걱정하지 마라. 모든

것이 끝날 때까지는 끝난 게 아니다.[23]

모든 게 끝날 때까지는 끝난 게 아니니 너무 흔들리지 말라는 말입니다. 흔들리지 말고 담담하게 대응해 나가라는 겁니다. 아무리 힘들고 어려운 일이 닥치더라도 큰 소리에 놀라지 않는 사자처럼 의연하고, 그물에 걸리지 않는 바람처럼 어느 것에도 얽매이지 말고 살아가라는 뜻입니다. 다른 누구의 삶이 아니라 바로 내 삶이니까요. 또 그러다 보면 흙탕물에서 피어나는 연꽃처럼 아름다운 결실을 볼 수 있으니까요.

세상일이라는 게 본디 내 뜻대로 되는 것보다 내 뜻대로 되지 않는 게 더 많은 것 같습니다. 하지만 최선을 다하다 보면 어려워 보이는 문제도 의외로 쉽게 풀릴 수 있습니다. 장애물이라고 생각되었던 것들이 시간이 지나고 보면 오히려 또 하나의 기회로 느껴질 때도 있습니다. 흔들리지 않는 마음으로 담담하게 살아가면 그뿐입니다. 그럼 어떻게 해야 늘 흔들리지 않는 마음으로 담담하게 살아갈 수 있을까요? 미국

23 조지 베일런트, 『행복의 조건』, 이덕남 옮김, 프런티어, 2010, 149쪽.

의 신학자 라인홀드 니버R. Niebuhr의 「평온함을 비는 기도」에서 그 실마리를 찾아봅니다.

하느님!

제가 바꿀 수 없는 것은 편안하게 받아들이고,

바꿀 수 있는 것은 용감하게 바꿀 수 있게 하소서.

그리고

이 둘 사이의 차이를 알 수 있는 지혜를 주소서.

그래서

하루를 살아도 한껏 살게 하시며

한순간을 살아도 실컷 즐기게 하소서.

시련을 평화에 이르는 길로 받아들이게 하소서.[24]

세상일이 내 뜻대로 돌아가야 한다는 생각부터 버려야 합니다. 내가 바꿀 수 없는 것은 있는 그대로 받아들이고, 바꿀 수 있는 것은 과감하게 바꾸어야 합니다. 그러자면 바꿀 수

24 에픽테토스, 『엥케이리디온』, 김재홍 옮김, 도서출판 까치, 2010, 13~15쪽.

있는 것과 바꿀 수 없는 것을 가릴 수 있는 지혜를 길러야 하고요. 운동 경기에 뛰어든 선수가 아니라 느긋하게 바라보는 구경꾼의 태도로 자신과 자신을 둘러싸고 있는 일들을 냉철하게 파악해서 적절하게 대처할 수 있는 지혜를 길러야 합니다. 그래야 뜻하지 않게 만나는 시련이 오히려 평화에 이르는 길이 되고 한순간을 살아도 한껏 즐길 수 있습니다. 이것이 바로 선불교에서 말하는 평상심平常心입니다.

평상심은 어떠한 상황에서도 동요가 없는 평안한 마음 상태입니다. 삶과 죽음을 다투는 상황에서도 마음이 흔들리지 않고 평소 상태로 있는 겁니다. 어떤 상황에서도 마음이 흔들리거나 위축되지 않고 담담한 자세로 사태에 임하는 것입니다. 어떠한 어려움과 시련도 지혜롭게 헤쳐 나갈 수 있도록 말입니다.

물론 평상심을 갖는 게 말처럼 쉬운 일은 아닙니다. 오죽하면 선불교의 기라성 같은 선사先師들이 평상심을 갖는 게 곧 도道를 이루는 것이라고 했겠습니까? 그만큼 어렵고 힘들다는 뜻이지요. 하지만 어렵다고 해서 불가능한 것은 아닙니다. 힘들어서 그렇지, 할 수 없는 것은 아닙니다. 아무리 기라성 같은 선사들이라 해도 그들도 사람이고 우리도 사람입니다. 그들이 이룬 것을 우리가 이루지 못할 이유는 없습니다. 아무리 어려운 것이라도 절실한 마음으로 노력하고 또 노력하면 말입니다.

> 人一能之 己百之 人十能之 己千之 果能此道矣 雖愚必明 雖柔必强
>
> 남들이 한 번 해서 잘했다고 하면 나는 그것을 백 번 한다. 열 번 해서 잘했다고 하면 나는 그것을 천 번 한다. 진실로 이런 방법을 잘하게 되면, 아무리 어리석은 사람이라도 반드시 밝아지고, 아무리 허약한 사람이라도 반드시 강해진다.[25]

무슨 일이든 모두 똑같습니다. 어떠한 상황에서도 흔들리지 않는 마음을 키우기 위해서는 죽어라 하고 노력하는 길밖에 없습니다. 남들이 한 번 해서 잘한다고 하면 나는 백 번

---

25 원한식 외 8명, 『나를 바꾸는 가르침』, 하나의책, 2015, 163쪽에서 인용한 『중용』의 구절을 재인용함.

하겠다며 달려들면 됩니다. 남들이 열 번에 해치웠다고 하면 나는 천 번 하겠다고 덤벼들고요. 모두가 겁먹고 두려워하는 상황이라도 자신을 믿고 용기 있게 한 발 한 발 내딛는 것입니다. 제2차 세계대전 때 혹독한 나치 수용소에서 살아남아 『죽음의 수용소에서』를 쓴 빅터 프랭클이 말하지 않았습니까? 모든 걸 다 빼앗아 갈 수는 있어도 흔들리지 않는 내 마음만큼은 빼앗아 갈 수 없다고요.

이제 저는 프랭클의 말을 가슴 깊이 새기겠습니다. 누구도 빼앗아 갈 수 없는 마음을 길러 어떤 상황에서도 담담하고 꿋꿋하게 나아가겠습니다. 어떤 상황에서도 흔들리지 않는 사람이 되겠습니다. 비록 남들은 알아주지 않아도 스스로 만족할 수 있는 삶을 만들어 가겠다고 다짐합니다.

열일곱

내 맘대로 움직이지 않는 세상을 어떻게 할까?

세상을 살다 보면 자기가 어찌할 수 없는 일들이 예고 없이 들이닥칠 때가 있습니다. 갑자기 들이닥친 고통이 혼자 감당하기에는 너무 크고 힘들어서 그냥 모든 걸 놓아 버리고 싶을 때도 있습니다. 좌절과 절망이 너무나 크다 보니 모든 게 무너져 내리는 거지요.

이럴 때 우리는 어떻게 하나요? 이런 절망스러운 상황에서 벗어나는 가장 쉬운 방법은 무엇일까요? 고통의 책임을 슬쩍 남에게 돌리는 겁니다. 누군가가 나에게 상처를 주어서 내가 이렇게 고통받는다고 남을 탓하는 것입니다. 자신은 고통받는 일의 피해자인 것처럼 억울하다며 누군가를 마음껏 비난하고 원망하는 겁니다.

자신이 받는 고통을 남의 탓으로 돌리면서 남을 비난하고 원망하면 어떻게 될까요? 당장은 자기 잘못이 아니라는 위안을 받을 수 있습니다. 자기 잘못이 아니기에 자신은 괴로워할 게 없다고 말할 수도 있습니다. 하지만 그렇게 한다고 해서 이미 일어난 문제가 해결되나요? 아니면 마음의 고통이 좀 줄어드나요? 아닙니다. 남을 비난하고 원망하는 순간 기분이 조금 나아질지 모르나 그것도 잠시일 뿐입니다. 남을 비난하고 원망한 대가는 더 큰 괴로움을 몰고 옵니다. 남을 비난하고 원망하다 보면 분노와 증오심까지 생겨나니까요. 바로 마음이 만들어 내는 괴로움 말입니다. 마음을 바꾸지 않는 한 자신이 만들어 낸 괴로움에 갇혀 끊임없이 고통스러울 뿐입니다. 우리에게 고통을 준 사람은 우리가 괴로워하든 말든 관심이 없는데 나 혼자 괴로워합니다. 이게 과연 누구를 위한 걸까요? 문득 공부 모임에서 읽은 공자님 말씀이 생각납니다.

君子求諸己 小人求諸人

군자는 자기한테서 구하고, 소인은 남한테서 구한다.[26]

무슨 일이든, 사람이 일을 하다 보면 잘되기도 하고 잘못되기도 하는 게 세상 이치입니다. 훌륭한 인격을 갖춘 군자라고 해서 늘 잘되기만 하는 것도 아닙니다. 변변치 못한 소인이라고 해서 늘 실패하기만 하는 것도 아니고요. 성공하기도 하고 실패하기도 하는 것은 군자나 소인이나 모두 똑같습니다. 다만 한 가지, 일의 결과에 대한 태도가 다릅니다.

군자는 무슨 일이든 잘못된 게 있으면 자기 책임으로 돌립니다. 남을 탓하거나 원망하지 않고 모두 자기 탓이라고 끌어안습니다. 그렇게 반성하고 고치니 일이 잘못되어도 고친 만큼 성숙합니다. 잘못된 것을 자기 탓으로 끌어안고 고치는 것만큼 아름다운 일도 없습니다. 하지만 소인은 다릅니다. 일이 잘되면 모두가 자기 탓이라고 떠벌리느라 남들의 시기를 받습니다. 일이 조금이라도 잘못되면 늘 남의 탓이라고 불평하

---

26 『논어』 위령공 20.

고 원망하느라 사람들의 미움을 사고요. 스스로를 돌아보고 반성하질 못하니 자신을 갈고닦지 못한 채 늘 제자리걸음 아니면 뒷걸음질일 뿐입니다.

소인은 늘 남한테서 구하기 때문에 발전할 일이 없습니다. 군자는 늘 자기한테서 구하기 때문에 퇴보할 일이 없습니다. 발전할 일이 없으니 소인은 행복할 수 없습니다. 퇴보할 일이 없으니 군자는 불행할 수 없습니다. 결국 군자는 늘 행복하고, 소인은 늘 불행합니다.

세상을 살다 보면, 인생은 대부분 우리가 원하는 대로 흘러가지 않습니다. 모두가 제 갈 길을 갈 뿐입니다. 일어날 일은 언제고 반드시 일어나게 되어 있습니다. 거기에 고통과 슬픔을 개입시키는 것은 우리 자신입니다. 그러니 삶이 뜻대로 돌아가지 않는다고 남을 탓하거나 비난할 필요가 없습니다. 남을 탓하거나 원망한다고 해서 해결되는 건 아무것도 없으니까요. 오히려 나 자신만 망칠 뿐입니다. 나 자신만 점점 더 고통 속으로 몰아넣을 뿐입니다.

그렇다면 어떻게 해야 할까요? 이런 상황에 슬기롭게 대처하는 방법은 한 가지밖에 없습니다. 몹시 어렵고 힘든 일이지만 스스로 군자가 되는 것입니다. 자기한테 일어나는 일을 100% 책임지는 겁니다. 자신의 삶에서 일어나는 일의 책임을 모두 자신이 떠맡는 것입니다. 그래서 어렵고 힘든 일이 닥쳤을 때 남을 비난하고 원망하는 대신 자신의 무엇이 잘못되었고 무엇이 문제인지를 돌아보고 반성하는 겁니다. 로마 시대의 철학자 에픽테토스Epictetus가 권했던 것처럼 말입니다.

> 사람들을 심란하게 하는 것은 그 일들 자체가 아니라, 그 일들에 대한 그들의 믿음이나 판단이다. 그렇기에 우리가 심란하거나 슬픔을 당할 때도 결코 다른 사람을 탓하지 말고, 우리 자신을, 곧 우리 자신의 믿음을 탓해야만 한다.[27]

노예 신분이었던 에픽테토스는 살면서 부당한 대우와 불행한 상황들을 수도 없이 만났습니다. 하지만 그는 어떠한 어려움 속에서도 남을 탓하지 않았습니다. 남을 탓하지 않았기에 늘 마음의 평정을 잃지 않았습니다. 그는 어찌할 수 없는

---

27 에픽테투스, 『삶의 기술』, 류시화 옮김, 예문, 1996, 94쪽.

세상을 바꿀 수는 없지만, 자신의 마음은 바꿀 수 있다는 걸 알았습니다. 괴팍한 주인의 마음을 바꿀 수는 없지만, 자신의 마음을 바꿈으로써 고난과 역경을 극복할 수 있다는 걸 알았습니다.

그렇습니다. 우리에게 주어진 상황이 중요한 게 아닙니다. 정말 중요한 것은 상황을 어떻게 받아들이고 대응하느냐입니다. 어떻게 세상이 내가 바라는 대로만 움직이겠습니까? 바라는 대로 움직이지 않는 게 더 많지요. 이미 주어진 상황과 일어난 일은 우리 힘으로 어찌할 수 없지만, 그에 대응할 수 있는 자유를 내 안에 키우면 됩니다. 설사 세상이 내가 바라는 대로 돌아가지 않을 때조차도 남을 탓하고 원망하는 대신 내면의 평화와 행복을 선택하는 자유 말입니다.

저는 그런 자유를 누리고 싶습니다. 주어진 상황이 아무리 힘들고 어렵다 해도, 남이 아니라 스스로를 탓할 수 있는 자유를 누리고 싶습니다. 자신을 탓하는 게 당장은 힘들고 기분 나쁜 일일 수도 있습니다. 그리고 그것은 꽤 어렵고 많은 훈련이 필요한 일입니다. 하지만 남이 아닌 자신을 탓하는 자유를 누릴 수만 있다면 스스로 반성할 수 있습니다. 자신을 반성할 수 있어야 자신의 잘못을 고쳐 더 나은 사람으로 성장할 수 있고요. 그래서 저는 쓸데없는 자존심으로 자신의 잘못을 외면하며 남을 탓하지 않고, 당장은 아프더라도 모든 걸 스스로 끌어안도록 노력할 것입니다. 그 누구도 아닌 저 자신을 위해서요. 문득 떠오른 일본의 선승 료칸大愚良寬이 했다는 말을 읊어 보면서 저의 성장과 발전을 위한 다짐을 해 봅니다.

> 사람이 재난을 만나야 할 때는 재난을 만나는 게 좋다. 죽음을 만나야 할 때는 죽음을 만나는 게 좋다.[28]

28 최성현, 『다섯 줌의 쌀』, 나무심는사람, 2000, 72쪽.

열여덟

나 자신을 극복하기 위해 무엇을 했는가?

요즘 공부 모임에서 읽고 있는 니체의 말이 가슴을 울립니다. 그 가운데서도 "행복은 자기를 극복했을 때 느끼는 감정이다."라는 말이 제 가슴을 뒤흔듭니다. 니체는 말합니다.

> 나는 그대들에게 초인Übermensch을 가르치노라. 사람은 극복되어야 할 그 무엇이다. 그대들은 그대 자신을 극복하기 위해 무엇을 했는가?[29]

29 니체, 『차라투스트라는 이렇게 말했다』, 정동호 옮김, 책세상, 2015, 16~17쪽.

니체는 우리에게 초인을 가르치겠다고 합니다. 자신의 가르침만 따르면 우리를 초인으로 만들어 주겠다는 겁니다. 니체가 말하는 초인은 누구일까요? 과연 어떤 사람을 두고 초인이라 할까요? 니체가 말하는 초인을 영어로는 슈퍼맨superman이라 부릅니다. 아주 뛰어난 사람을 말하지요. 그렇다고 해서 만능의 힘을 발휘하는 존재는 아닙니다. 세상을 들었다 놨다 하는 사람도 아니고, 인간을 초월하는 어떤 신령스러운 존재도 아닙니다. 초인은 인간만이 구현할 수 있는 인간다운 모습을 갖춘 사람입니다.[30] '자기 자신을 넘어서는 인간'이 초인입니다. 얼마나 멋진 사람입니까?

초인은 자기 삶의 주인으로 자유롭게 살되 현재 모습에 만족하지 않는 사람입니다. 늘 새로운 자기를 형성하고 창조하려고 노력합니다. 자기를 극복해서 현재 상태를 넘어서려고 끊임없이 노력해 삶을 아름다운 예술 작품으로 만듭니다. 자신이 빚어내는 삶이라는 예술 작품을 긍정하고 사랑하지 않을 수 없는 존재가 되기 위해 끊임없이 노력하는 삶의 예술가

30 이진우·백승영, 『인생교과서 니체』, 21세기북스, 2020, 28~30쪽.

가 초인입니다. 이런 까닭에 초인이 추구하는 삶의 목적은 끊임없이 자기를 극복하는 것입니다. 그리고 행복은 자기 자신을 끊임없이 극복하는 과정에서 생겨나는 감정이라고 니체는 가르칩니다.

사람들은 흔히 고난과 고통이 없는 상태, 더 나아가 늘 즐겁고 편안한 상태가 행복이라고 생각하는 경향이 있습니다. 그래서 힘들고 고통스러운 일이 생기지 않고 늘 좋은 일만 일어나기를 바랍니다. 하지만 세상은 그렇게 마음먹은 대로 되는 게 아닙니다. 기쁨과 즐거움보다는 오히려 고통과 고난이 더 많은 게 삶의 현실입니다. 오죽하면 삶은 고통 그 자체라고 부처님이 가르치셨겠습니까?

니체에 따르면 진정한 의미의 행복은 고난과 고통이 없는 게 아닙니다. 고난과 고통을 기꺼이 받아들이고 승화시켜 기쁨이 충만한 삶을 만드는 겁니다. 바로 그런 과정에서 행복을 맛볼 수 있습니다. 행복은 상태가 아니라 과정입니다. 높은 산을 힘겹게 오르고 난 뒤에 찾아오는 쾌감이라고 할까요? 높은 산을 오를 때 우리는 그냥 그 자리에 주저앉고 싶어 합니다. 그만 포기하고 내려가고 싶을 때도 한두 번이 아닙니다.

하지만 이런 유혹을 극복하고 마침내 산 정상에 오르면 어떻습니까? 포기라는 유혹을 극복하고 기어이 정상에 올랐다는 자부심과 함께 엄청난 쾌감을 느낍니다. 그런 쾌감이 바로 니체가 말하는 행복입니다. 스스로 자신과 싸우면서 자신을 극복하는 데서 맛보는 쾌감 말입니다.

니체는 초인과 대비되는 인간으로 '마지막 인간'을 제시합니다. 초인이 자기를 극복하려고 끊임없이 노력하는 존재라면, 마지막 인간은 단순히 행복만을 추구하는 존재입니다. 초인은 자기 극복이라는 목표를 갖고 아름답게 춤추는 별을 탄생시키기 위한 혼란과 고통을 기꺼이 끌어안습니다. 하지만 마지막 인간은 아무런 꿈도 목표도 없이 그저 편하기만을 바랍니다. 마지막 인간한테는 목표나 창조, 동경과 같은 것보다는 지금 당장의 행복이 중요합니다. 이상이나 동경, 목표에서 멀어졌기에 당장의 행복에 더욱 집착합니다.

어쩌면 니체가 말하는 마지막 인간의 삶이 편할지도 모릅니다. 그들에겐 심각한 문제가 없습니다. 설령 있다고 해도 그럭저럭 해결할 수 있습니다. 그들은 조그만 쾌락과 건강을 끔찍하게 생각합니다. 자기 극복이 필요 없기에 더 바랄 게 없어서 행복하다고 말하기도 합니다. 그에 견주어 초인으로 살아가는 것은 쉬운 일이 아닙니다. 초인의 삶은 매우 어렵고 힘듭니다. 그런데도 니체는 왜 이렇게 어렵고 힘든 삶을 우리에게 요구할까요? 바로 삶의 질이 다르고, 자신이 느끼는 행복의 정도가 다른 건강한 삶이기 때문입니다.

오늘날 현대인들은 안락한 생존과 쾌락에만 연연하기에 병든 인간이 되어 버렸다고 니체는 말합니다. 조금만 힘들어도 불평을 쏟아 냅니다. 아주 작은 불편에도 호들갑을 떨면서 안락만을 추구하는 마지막 인간이 되었다는 겁니다. 하지만 초인은 다릅니다. 초인은 '고귀한 인간', '기품 있는 인간'으로 삶을 허투루 살지 않습니다. 힘들다고 아무 데서나 주저앉지 않습니다. 힘들지만 꼿꼿한 자세를 잃지 않습니다. 어떤 상황에도 의연하고 당당하게 맞섭니다. 어렵고 고되지만 자기를 극복해 나가는 과정을 통해 강한 긍지와 자부심을 갖기에 쉽게 무너지지 않습니다. 자신이 처한 상황의 주인으로 존재하면서 상황을 압도합니다. 얼마나 멋진 모습입니까? 니체는 이런 초인으로 살아갈 때 진정한 행복을 맛볼 수 있다고 말합니다.

"행복은 자기를 극복했을 때 느끼는 감정이다."라는 니체의 말을 들었을 때 그저 편하게만 살려고 했던 저의 모습을 떠올렸습니다. 툭하면 사는 게 힘들다고 세상을 원망하던 모습도 떠올렸습니다. 당장 눈앞에 보이는 행복만을 추구하려는 제 모습이 몹시 부끄러웠습니다. 저의 나태함을 깊이 반성했습니다. 그리고 지금부터라도 당장의 편한 삶보다는 고통스럽더라도 니체가 말하는 자기를 극복해 나가는 삶을 살겠다고 다짐해 봅니다. 당장은 힘들고 어렵더라도 삶을 아름답게 창조하는 삶의 예술가로서 자신의 성장을 바라보는 기쁨을 맛보는 삶을 위해, 아름다운 별을 창조할 수 있는 삶을 위해 절실한 마음으로 노력하고 또 노력하겠다고 다짐해 봅니다.

다시 태어난다고 해도 이 길을 갈 것인가?

니체는 우리 삶을 건강하게 해 주는 지혜를 찾는 실존 행위가 철학이라고 합니다. 철학은 우리 삶에 봉사하는 기술이자 실천이라는 것이지요. 그것도 그냥 삶이 아니라 건강한 삶을 위한 기술이자 실천이라는 겁니다.

그냥 삶이 아니라 건강한 삶이란 무엇인가? 니체는 무엇보다 먼저 자기 자신이 주인이 되어 자신을 창조하는 삶, 자기 자신이 되어 자신을 사랑하고 긍정할 줄 아는 삶이라고 말합니다.[31] 그리고 건강한 삶은 그냥 주어지는 게 아니라 끊임없

31 이진우·백승영, 『인생교과서 니체』, 21세기북스, 2020, 11쪽.

이 노력하고 또 노력해서 얻어야만 한다고 말합니다.

> 나는 삶에서 꼭 필요한 것들을 아름답게 보는 법을 배우고 또 배워서 삶을 아름답게 만드는 사람이 될 것이다. 아모르 파티amor fati! 그대 운명을 사랑하라! 이것이 지금부터 나의 사랑이 될 것이다. 나는 추한 것과 싸우지 않으련다. 나는 비난하지 않으련다. 나를 비난하는 사람도 비난하지 않으련다. 나는 언젠가는 긍정하는 사람이 될 것이다.[32]

아모르 파티를 우리말로 하면 운명애運命愛입니다. 자기 삶에서 일어나는 일은 모두 자신의 운명이니 있는 그대로 받아들이고 사랑하는 겁니다. 아무리 험난한 운명이라도 거부하지 말고 얼마든지 반복되어도 기꺼이 긍정하고 사랑하라는 말입니다. 험난한 운명이야말로 위대한 인물로 성장할 수 있는 기회이니까요. 나무는 거친 폭풍우를 견뎌야 강하게 자라납니다. 세계가 우리에게 안겨 주는 가혹한 시련을 자신을 단

---

32 니체, 『즐거운 학문』, 안성찬·홍사현 옮김, 책세상, 2010, 255쪽.

련하고 성숙시키는 친구로 삼으라고 니체는 말합니다.

사람은 나이가 들수록 인간이 어찌할 수 없는 운명이 있다고 생각하게 됩니다. 피할 수 없는 운명이 있는 것처럼 우리의 힘으로는 어찌할 수 없는 고통과 시련이 있습니다. 누구나 그런 고통과 시련을 겪고 싶어 하지 않습니다. 피할 수만 있다면 피하려고 합니다. 하지만 니체는 말합니다. 피할 수 없는 고통이라면 절망으로 끝내지 말라고 합니다. 오히려 아름답게 보는 법을 배우고 또 배워서 삶을 아름답게 만드는 사람이 되라고 말합니다. 자신의 운명을 기꺼이 받아들이고 사랑해서 아름다운 삶을 창조하라는 겁니다. 자신의 삶을 아름다운 예술 작품으로 만들라는 것이지요.

> 인간은 세상을 향해 열린 존재이다. 세상에 열려 있지 않고, 주어진 환경에 얽매여 사는 짐승과 다르다. 인간은 자신을 둘러싸고 있는 환경의 장벽을 깨뜨릴 수 있는 존재이다.[33]

33 빅터 프랭클, 『삶의 의미를 찾아서』, 이시형 옮김, 청아출판사, 2005, 55쪽.

짐승은 본능에 따라 주어진 환경에 적응해야만 살 수 있습니다. 개구리가 겨울잠을 자지 않겠다고 버티면 얼어 죽을 수밖에 없습니다. 하지만 인간은 다릅니다. 인간은 겨울잠을 자는 대신 따뜻한 옷을 지어 입습니다. 따뜻한 집을 지어 삽니다. 인간은 환경의 장벽을 깨뜨릴 수 있는 존재입니다. 짐승은 주어진 존재로 살아갈 수밖에 없지만, 인간은 자신은 물론 세상을 만들어 가는 존재입니다. 주어진 조건을 피할 수 있는 자유는 없지만, 조건을 대하는 자신의 태도를 결정할 수 있는 자유는 있습니다. 우리에게서 모든 걸 빼앗아 갈 수 있어도 단 한 가지, 마지막 남은 인간의 자유는 빼앗아 갈 수 없습니다. 어떠한 상황에서도 자신의 태도를 결정하고 자신의 길을 선택할 수 있는 자유만은 빼앗아 갈 수 없습니다.[34]

"시궁창에 빠져도 우리 가운데 누군가는 별을 올려다보고 있다." 오스카 와일드는 이렇게 말했습니다. 희망이라고는 하나도 없는 것처럼 절망스러운 상황에서도 인간은 무언가 의미 있는 삶을 찾을 수 있다는 뜻입니다. 그런 까닭에 니체는

34 빅터 프랭클, 『죽음의 수용소에서』, 이시형 옮김, 청아출판사, 2012, 120쪽.

자신의 운명을 사랑하라고 말합니다. 자신의 삶이 살아온 날에도, 앞으로 살아갈 날에도 달라지지 않기를, 아니 영원히 달라지지 않기를 바라는 자세를 가지라고 합니다. 피할 수 없는 걸 견디는 데 그치지 말고 기꺼이 받아들이고 사랑하라고 말합니다. 기꺼이 받아들이고 사랑하는 방법을 배워서 자신의 삶을 아름답게 창조하라는 겁니다.

자신의 운명을 아름다운 삶으로 만드는 것, 니체가 말하는 아모르 파티를 실천하는 것이 제가 추구하고자 하는 삶입니다. 누구도 아닌 제가 되어 스스로를 사랑하고, 누구의 삶도 아닌 저의 삶을 건강하게 만드는 것! 이제 저는 시궁창에서 별을 바라보는 태도로 저만의 아름다운 삶을 창조하겠습니다. 다음에 다시 태어난다고 해도 여전히 똑같은 삶을 살겠다고 외칠 수 있도록 노력하겠습니다. 분명 어렵고 힘든 길이지만, 니체가 『차라투스트라는 이렇게 말했다』에서 말한 충고를 가슴 깊이 새기며 저만의 아름다운 삶을 위해 노력하고 또 노력하겠습니다.

누구나 자기 미래에 대한 꿈을 가지고, 또 다른 꿈을 계속 더해 가는 삶을 살아야 한다. 현재의 작은 성취에 만족해서는 안 된다. 소소한 난관에 마주할 때마다 다음에 이어질지 모를 장벽을 걱정하며 미래를 향한 발걸음을 멈춰서는 안 된다.[35]

35 사이토 다카시, 『곁에 두고 읽는 니체』, 이정은 옮김, 홍익출판사, 2015, 26쪽.

스물

모자를 잃어버려도 행복할 수 있을까?

제가 가장 아끼는 초록색 모자가 있었습니다. 5년 전 중국으로 유학 갈 때 저의 도전을 따뜻하게 응원하던 분이 선물했던 것이지요. 그 모자는 중국에서 추운 겨울 동안 혹독하게 겪었던 많은 어려움을 저와 함께했던 동반자였습니다. 그런 존재이기에 저한테는 어느 것보다 소중했습니다. 적어도 저에게는 아주 특별한 모자였습니다. 저의 추억이 너무나 많이 담겨 있으니까요.

그렇게 소중한 모자를 잃어버렸습니다. 며칠 전 스키장에 가서 정신없이 놀다 보니 모자가 사라져 버린 겁니다. 얼마나 속상하던지요. 누구나 그랬을 겁니다. 정말 아끼는 물건을 잃어버렸는데 아무렇지도 않은 사람이 어디 있겠습니까? 아끼던 물건이라면서 잃어버렸는데도 아무렇지도 않다면 진정으로 아끼는 물건이 아니었던 것이지요.

아끼는 모자를 잃어버려서 무척 속상했습니다. 어찌나 생각나는지 며칠 동안 잠을 자지 못할 정도로 힘들었습니다. 그런데 시나브로 저의 마음에 무슨 신호가 다가왔습니다. 아주 작지만 분명한 소리로 속삭였습니다. "너는 왜 마음공부를 하니?" 산속 달팽이 책방에서 여는 마음공부 모임에 참석하는 이유가 무엇이냐는 물음을 듣는 순간 믿기지 않는 일이 벌어졌습니다. 속상했던 마음이 놀랍게도 조금씩 작아지는 겁니다. 모두 없어진 건 아니지만 속상함의 정도가 크게 줄어들었습니다. 그전 같았으면 잃어버린 모자 생각에 온통 사로잡혀 아무 일도 하지 못한 채 짜증 내느라 하루를 망쳐 버렸을 겁니다. 그런데 그렇게 짜증 내고 화내는 일이 잠시 머물다 슬그머니 사라지는 것입니다. 참으로 희한하게도요. 어떻게 이런 일이 일어날 수 있을까요?

모자를 잃어버렸다는 사실을 안 순간에는 무척 속상했습니다. 하지만 공부 시간에 배운 대로 숨을 크게 들이마시고 내뱉으며 마음을 가라앉힌 뒤에 법정法頂 스님이 말씀한 무소유 정신을 생각했습니다.

> 사람은 삶을 제대로 살 줄 알아야 한다. 소유에 집착하면 집착할수록 우리의 자유를, 우리의 자유로운 날개를 쇠사슬로 묶어 버린다. 우리의 자유로운 날개를 쇠사슬로 묶어 버려서 자기실현을 방해한다. 무소유는 아무것도 갖지 않는 게 아니다. 불필요한 것을 갖지 않는 것이다.[36]

우리가 무소유의 진정한 의미를 이해할 때 좀 더 홀가분한 삶을 이룰 수 있다는 말씀입니다. 우리가 살아가자면 당연히 어떤 물건을 소유해야 합니다. 아무것도 소유하지 않으면 그야말로 죽을 수밖에 없습니다. 하지만 지나친 소유는 우리를 병들게 합니다. 우리가 물건을 소유하는 게 아니라, 오히려 물건이 우리를 소유하게 됩니다. 무엇이든 내 손에 있을 때는 소유하되 내 손을 떠나면 내 것이라 여기지 말아야 합니다.

36 법정, 『산에는 꽃이 피네』, 동쪽나라, 1998, 98쪽.

어떤 것을 소유하더라도 잠시 빌려 쓰는 것일 뿐입니다. 내 손을 떠나면 본래 내 것이 아니었던 게 다른 누군가한테 간 것이니 뭐가 그리 아깝겠습니까? 게다가 이미 지나간 일에 매달려 속상해하느라 지금 이 순간의 삶을 놓쳐 버리는 것만큼 어리석은 일이 또 어디 있겠습니까?

쉬운 일은 아니었지만 숨을 크게 들이마시고 내뱉으며 마음을 가라앉히고 법정 스님의 말씀을 자꾸 생각했습니다. 그랬더니 신기하게도 속상한 마음이 조금씩 줄어들었습니다. 속상한 마음의 크기가 줄어드는 만큼 평온한 마음은 커지고요. 평온한 마음이 커지면서 남은 하루를 신경질과 짜증으로 허비하지 않고 꽤 괜찮게 지낼 수 있었습니다. 그러면 된 거 아닌가요? 아끼던 모자를 잃어버려도 행복할 수 있다면 정말 좋은 일이잖아요.

바로 이런 게 마음공부 아닐까요? 아끼던 모자를 잃어버린 고통을 아주 없앨 수는 없지만, 조금씩 줄여 나가서 끝내는 평온한 마음을 갖게 해 주는 것 말입니다. 속상한 마음을 평안한 마음으로 바꾸어서 하루하루를 행복한 날로 만들어 주는 게 마음공부입니다. 이제 저는 이런 마음공부를 더 열심히 하겠습니다. 생각의 근육을 매우 튼튼하게 키우겠습니다. 어떤 상황에서 무슨 일이 벌어지더라도 밝게 웃을 수 있는 사람이 되도록 열심히 노력하겠습니다. 누구보다도 제 자신의 행복을 위해서 말입니다.

스물하나

연기 진리에 따라 살 수 있을까?

공부 모임에서 연기緣起라는 걸 배웠습니다. 연기는 불교의 핵심 교리로 이 세상에 존재하는 건 모두 일정한 조건에 따라 생겨나서, 조건이 유지되는 때까지 존재하다가, 조건이 다하면 사라진다는 의미입니다. 저 혼자 힘으로 생겨나서 영원히 존재하는 것은 아무것도 없다는 것이지요.

연기는 물과 같다고 합니다. 물은 어떤 모양일까요? 이렇게 물으면 대답하기 힘듭니다. 물은 그 자체로 고정된 모습을 가지고 있지 않기 때문이지요. 물은 컵에 부으면 컵 모양이 됩니다. 컵이라는 조건을 만나서 컵 모양이 된 겁니다. 컵에 있던 물을 바가지에 부으면 바가지 모양이 됩니다. 바가지라는 조건을 만나는 순간 컵이 아니라 바가지 모양으로 바뀝니다.

이렇게 물은 조건에 따라 달라집니다. 컵 모양이 됐다가 바가지 모양도 됩니다. 오로지 조건에 따라 달라질 뿐 그 자체로 고정된 모습을 가지고 있지 않습니다. 모양뿐만 아니라 물 자체도 고정된 게 아닙니다. 물은 온도가 올라가면 수증기가 되어 증발합니다. 온도가 낮아지면 얼음으로 바뀌었다가 다시 물이 되기도 합니다. 조건에 따라 이런저런 형태가 될 뿐 영원히 고정된 형태로 존재하지 않기에 공空하다고 합니다.

물만 그런 게 아닙니다. 인간도 똑같습니다. 저 혼자 힘으로 태어난 사람은 아무도 없습니다. 영원히 변하지 않고 똑같이 존재하는 사람도 없습니다. 모두가 조건에 따라 생겨나서 조건에 따라 변화하는 존재입니다. 따라서 인간 역시 고정된 실체가 아닙니다. 어떤 모습으로도 고정되어 있지 않습니다. 조건이 바뀌면 언제든지 바뀔 수 있습니다. 고정된 실체가 없기에 공한 존재가 인간입니다.

공이란 무엇일까요? 텅 비어 있다는 겁니다. 아무것도 없이 텅 비어 있어서 무엇이든 채울 수 있다는 뜻입니다. 아무것도 아니기에 무엇이든 될 수 있는 게 공입니다. 조건에 따라 언제든지 모습을 달리하는 물처럼 인연과 조건에 따라 끊임없이 바뀌고 변하는 게 공입니다. 끊임없이 바뀌고 변하기에 영원히 변하지 않고 존재하는 건 없다는 게 공의 참모습입니다. 그렇게 공한 존재가 바로 우리 인간입니다.

그런데 주위를 둘러보면 한때의 자기 모습을 영원히 고정된 것으로 착각하고 집착하는 사람이 참 많습니다. 한 번 실패했다고 해서 영원한 낙오자인 것처럼 기가 죽어 살거나, 한 번 성공했다고 해서 영원한 승자인 것처럼 으쓱거리며 뽐내는 사람이 너무 많습니다. 컵에 있던 물이 바가지에 들어갔는데도 컵 모양이 좋다고 고집하는 것처럼 한때의 자기 모습을 영원히 고정된 것으로 보려는 겁니다.

세상을 살면서 어느 한 모습에 집착하는 것은 어리석은 짓입니다. 잊을 것은 미련 없이 잊고, 버릴 것은 미련 없이 버려야 합니다. 컵에 있던 물이 바가지에 담길 때는 그전의 컵 모양을 완전히 잊어야 합니다. 그러지 않으면 온갖 괴로움을 불러일으킬 뿐입니다. 어떤 모습에도 집착하지 말고 버릴 건 깨끗이 버려야 새로운 걸 얻을 수 있습니다. 그래야 그물에 걸리지 않는 바람처럼 어떤 것에도 얽매이지 않고 자유롭게 살 수 있습니다.

공하다는 건 아무것도 없다는 허무가 아닙니다. 무엇이든 담을 수 있고 무엇이든 될 수 있는 가능성입니다. 백지에 그림을 그리는 것처럼 어떤 물감을 써서 어떻게 그리느냐에 따라 멋진 예술 작품이 될 수도 있고 볼품없는 작품이 될 수도 있습니다. 이처럼 삶을 어떤 작품으로 만들지는 오로지 자기 자신에게 달려 있다는 게 연기의 또 다른 진리입니다.

인간의 행위는 무엇이든 반드시 그에 합당한 결과를 낳습니다. 제멋대로 일어나거나 우연히 발생하는 일은 아무것도 없습니다. 인간의 행위와 결과 사이에는 반드시 도덕 차원의 인과관계가 있습니다. 선한 행위는 반드시 즐거움이라는 결과를 낳고, 악한 행위는 반드시 고통이라는 결과를 낳습니다. 여기에는 단 하나의 예외도 없다는 게 연기의 진리입니다. 행복한 삶을 결정하는 건 자기 자신의 행위 말고는 아무것도 없습니다. 행복과 불행을 결정하는 건 하늘의 뜻이나 사제들의 제식 행위가 아닙니다. 오로지 우리 자신의 행위가 우리의 삶을 만듭니다.

이제 저는 연기라는 진리에 따라 저라는 존재가 공하다는 걸 배웠습니다. 공하다는 건 아무것도 없는 허무가 아니라 아무것도 아니기에 무엇이든 될 수 있는 희망이라는 걸 알았습니다. 얼마나 신나는 일입니까? 저는 어떤 것으로도 고정되어 있지 않은 공한 존재이기에 무엇이든 될 수 있다는 게 얼마나 좋은 일입니까? 게다가 모든 게 오로지 저만이 할 수 있는 것이라니 얼마나 가슴 설레는 일입니까? 열심히 노력하고 또 노력하기만 하면 얼마든지 될 수 있는 일이니 저는 진흙탕에서 피어나는 연꽃처럼 아름다운 삶을 만들도록 최선을 다하겠습니다. 저만의 아름다운 삶을 만드는 기회가 단 한 번밖에 주어지지 않았다는 걸 잘 알고 있으니까요.

스물둘

화를 키우지 않는 법은 없는가?

세상을 살다 보면 화가 날 때가 참 많습니다. 속에서 끓어오르는 화를 주체할 수가 없어 당장이라도 모든 걸 끝내 버리고 싶을 때가 한두 번이 아닙니다. 그때마다 이런저런 핑계를 대며 화를 억지로 눌러야 하는 게 얼마나 힘든지요. 오죽하면 화병火病이라는 게 생겼겠습니까? 이럴 때는 어떻게 해야 화라는 놈을 잘 다스릴 수 있을까요? 선생님이 추천해 주신 책 김사업의 『인문학을 좋아하는 사람들을 위한 불교수업』을 보면 다음과 같은 구절이 나옵니다.

"화가 나면 화를 내야 합니까, 참아야 합니까?"

"화에서 자유로운 사람이 진정한 불교인입니다. 화를 내는 것은 화에서 자유로운 행동이 아닙니다. 화를 참는 것도 마찬가지입니다. 둘 다 화에 얽매인 결과이지요. 화를 참는다고 해서 그 화가 없어집니까? 화를 참으면 속으로 골병이 들어 괴롭습니다. 그렇다고 화를 마구잡이로 낼 수도 없고요. 어떻게 해야 진정으로 화에서 자유롭게 벗어날 수 있을까요?"[37]

화火는 '몹시 못마땅하거나 언짢아서 나는 성'을 말합니다. 성은 '못마땅하거나 언짢게 여겨 일어나는 불쾌한 감정'을 말하고요. 못마땅하다는 것과 언짢다는 말은 모두 '마음에 들지 않아 기분이 좋지 않다'는 뜻입니다. 화를 내는 것은 성을 내는 겁니다. 성을 내는 것은 어떤 것이 마음에 들지 않아 기분이 좋지 않은 것을 밖으로 드러내는 것이고요. 그런데 화를 내도 안 되고 참아도 안 된다는 겁니다. 화를 참으면 속으로

---

37 김사업, 『인문학을 좋아하는 사람들을 위한 불교수업』, 불광출판사, 2019, 6~7쪽.

골병이 들 뿐입니다. 게다가 뜻하지 않게 화를 옮길 수도 있습니다. "종로에서 뺨 맞고 한강에서 눈 흘긴다"라는 속담처럼 말입니다. 참지 않고 화를 내면 어떻게 될까요? 작든 크든 반드시 후유증을 남기게 됩니다. 화가 나서 서로 언성을 높이다 보면 상대방은 물론 자기 자신한테도 마음의 상처를 입힐 수 있습니다. 그렇다면 어찌합니까? 과연 어떻게 해야 화를 참지도 않고 내지도 않을 수 있을까요? 가장 좋은 방법은 화 자체를 키우지 않는 겁니다.

화를 키우지 않는다는 건 무슨 말일까요? 화 자체가 생겨나지 않게 하는 겁니다. 화 자체가 없으면 화를 낼 필요도 없고 참을 필요도 없습니다. 어떻게 해야 그럴 수 있을까요? 우리 마음을 거울처럼 만들어 모든 걸 있는 그대로 받아들이면 됩니다. 설령 화가 예고 없이 다가올지라도 화를 거부하지 않고 있는 그대로 받아들였다가 나가도록 하는 겁니다.

거울은 예쁜 얼굴이라고 해서 잡아 두려고 하지 않습니다. 못생긴 얼굴이라고 거부하지도 않습니다. 예쁘면 예쁜 대로 못생겼으면 못생긴 대로 받아들입니다. 예쁘고 못생긴 것에 대한 기준이 없기 때문이지요. 기준이 없기에 예쁘고 못생긴 것을 분별하지 않습니다. 분별하지 않으니 집착하지 않고, 집착하지 않으니 무엇이든 있는 그대로 받아들였다가 돌려보냅니다. 조셉 M. 마셜 3세의 『바람이 너를 지나가게 하라』라는 책에서 인디언 할아버지가 손자한테 알려 주는 것처럼 말입니다.

어느 날 한 인디언 아이가 학교에서 돌아와 엉엉 웁니다. 깜짝 놀란 할아버지는 왜 그러냐고 묻습니다. 인디언 아이는 백인 아이가 인디언을 모욕하는 온갖 별명을 부르며 놀렸기 때문이라고 말합니다. 그러자 할아버지가 이렇게 말합니다.

> "말이 상처를 안겨 줄 수도 있지. 하지만 네가 그렇게 되도록 허용할 때만 그래. 걔네들은 너를 놀리려고 고약한 별명을 모두 동원했지. 그런데 네가 그런 별명대로 변했니? 이를테면 걔네들이 너를 곰이라고 놀려 댔더니 네가 정말 곰이 되었니?"
>
> "아뇨."
>
> "그럼 그런 말들을 듣고 그냥 흘려버리면 그만인데, 너는 걔네들이 한 말들을 잊을 수가 없는 모양이구나. 그 말들이

너를 그냥 스치고 지나가게 하는 법을 익히면 너를 쓰러뜨릴 수도 있는 그 말들의 힘을 없애 버릴 수 있어. 그 말들이 바람처럼 너를 화나게 하는 일 없이 그냥 지나가게 하면 너는 아무 영향도 받지 않을 거야. 안 그러니?"[38]

그렇습니다. 누군가가 나를 놀릴 수 있습니다. 나에게 상처를 안겨 줄 수도 있습니다. 하지만 가만히 생각해 보십시오. 그것들은 내가 그렇게 되도록 허용할 때만 그렇습니다. 나는 마음의 거울을 꺼내 들고 그것들을 반사하면 그만입니다. 화도 마찬가지입니다. 내가 화를 내지 않으면 그만입니다. 누군가가 나에게 화를 내도록 만들 수는 있지만, 정작 화를 내는 것은 나 자신이기 때문입니다. 다가오는 화를 거울처럼 반사하는 방법만 익힌다면 나를 쓰러뜨릴 수도 있는 화를 얼마든지 그냥 지나가게 할 수 있습니다. 그리고 우리 안에서 화를 키우지 않을 수 있습니다. 그만큼 화에서 자유롭게 벗어나 평온한 마음 상태를 지킬 수 있고요.

---

38 조셉 M. 마셜 3세, 『바람이 너를 지나가게 하라』, 김훈 옮김, 문학의숲, 2009, 6~7쪽.

지금 처한 상황을 우리 마음대로 바꿀 수는 없습니다. 하지만 상황을 대하는 태도는 우리 마음대로 결정할 수 있습니다. 똑같은 상황이지만 어느 때는 화를 내기도 했다가 또 어느 때는 화를 내지 않기도 하는 것처럼 말입니다. 똑같은 상황이라도 그 상황을 해석하고 받아들이는 태도가 다르기 때문입니다. 화도 마찬가지입니다. 어떤 상황이 화로 변하느냐 아니냐는 화를 대하는 우리의 생각과 태도에 달린 겁니다. 우리한테는 생각과 태도를 선택하고 결정할 수 있는 자유가 있기 때문입니다.

세상사는 뜻대로 되는 일보다도 되지 않는 일이 더 많은 법입니다. 그러니 세상일이 내 뜻대로 돌아가야 한다는 생각부터 버려야 합니다. 그러자면 무엇이 못마땅하고 언짢다고 생각하는 일, 또 어떤 것은 기분 좋고 즐겁다고 분별하는 일을 멈추는 것부터 배워야 합니다. 너와 나, 좋고 싫음, 옳고 그름을 분별하는 마음分別心을 버려야 합니다. 결코 쉬운 일은 아닙니다. 뭐든 남의 일일 때는 쉬워 보이지만, 막상 자기 일로 닥쳐오면 너무도 쉽게 흥분해서 이성을 잃기 십상이지요. 생각을 버리기는커녕 더 많은 생각들 속에 붙들리게 됩니다. 분별하는 마음을 버리려는 다짐은 온데간데없이 사라져 버리고 생각들이 꼬리에 꼬리를 물고, 끝내는 그 생각들에 갇혀 괴로워합니다. 이럴 땐 어찌해야 할까요? 숨을 크게 들이마시고 내쉬면서 자신을 되돌아보는 겁니다. '내가 상대를 나쁘다, 틀렸다고 단정 짓는 것은 아닌가? 상대의 말과 행동이 틀렸다고 생각하는 내가 틀린 건 아닌가? 내 마음이 뒤틀려서 상대에게 분풀이를 하는 것은 아닌가?' 하고 말입니다.

선생님은 늘 최선을 다하되 운동 경기에 뛰어든 선수가 아니라 구경꾼처럼 살자고 하십니다. 한 발자국 뒤로 물러나 자신이 하는 일을 바라보자는 것이지요. 그렇게 할 수만 있다면 자신과 자신을 둘러싸고 있는 일들을 좀 더 여유롭게 바라보며 적절하게 대처할 수 있다는 겁니다. 삶의 노예가 아니라 주인이 되자는 말인데, 그것이 바로 제가 만들고 싶은 삶입니다. 저는 분별하는 마음에 끌려다니기보다는 오직 현재에만 몰입해서 순간순간을 살고 싶습니다. 결코 쉬운 일이 아니란 걸 잘 압니다. 하지만 못 할 건 없다는 마음으로 한 걸음 한 걸음 뚜벅뚜벅 걸어가겠습니다.

스물셋

혼자만의 힘으로 되는 게 있을까?

며칠 전 우연히 유튜브에서 감명 깊은 장면을 보았습니다. 어느 한국인 유학생이 하버드 대학교 졸업 연설을 한 것인데, 그가 연단에서 졸업생들한테 던진 물음이 제 가슴을 울렸습니다.

"내 재능으로 할 수 있는 게 무엇일까요? 여러분은 저마다 가진 재능으로 남들을 위해 무엇을 할 것인가요?"

그는 사람이 가지고 있는 재능이 단지 그 사람만의 것이 아니라고 말합니다. 그의 재능은 자신에게 더 나은 삶을 주기 위한 부모님의 희생에서 나왔다는 겁니다. 부모님의 노동과 자신의 재능을 따로 떼어 놓을 수 없다는 뜻입니다. 자신의 재능과 부모님의 희생이 하나라는 것이지요.

나는 나 홀로 존재하는 게 아닙니다. 나의 어버이, 형제, 자식, 이웃과 맺는 관계를 통해서만 존재합니다. 부처님의 가르침으로 말하면 나는 하나의 실체substance가 아니라 공空한 존재입니다. 실체는 무엇이고 공하다는 것은 또 무엇인가요? 틱낫한T. N. Hanh 스님이 어느 강연장에서 종이 한 장을 들어 보이며 물었습니다.

"여러분, 여러분은 이 종이 안에 있는 구름을 볼 수 있습니까?"[39]

얇은 종이 안에 들어 있는 구름이 보이냐는 겁니다. 하늘에 둥둥 떠다니는 구름이 종이 안에 들어 있다니, 이게 도대체 무슨 말인가요? 구름이 없으면 비도 내리지 않습니다. 비가 내리지 않으면 나무가 자랄 수 없고, 나무가 자랄 수 없으면 종이가 나올 수 없습니다. 구름이 비를 통해 나무가 되고, 비가 나무를 통해 종이가 되는 겁니다. 그렇게 종이는 구름과 함께하는 것입니다.

39 틱낫한, 『마음에는 평화 얼굴에는 미소』, 류시화 옮김, 김영사, 2002, 16쪽.

구름만이 아닙니다. 종이를 더욱 깊이 들여다보면 햇빛도 볼 수 있습니다. 햇빛이 없으면 나무가 자랄 수 없으니까요. 나무를 베어 제지 공장으로 실어 나르는 벌목꾼도 볼 수 있고, 쌀도 볼 수 있습니다. 벌목꾼이 쌀로 만든 밥을 먹지 않으면 일을 할 수 없으니까요. 그리고 벌목꾼의 어머니와 아버지도 종이 안에 들어 있습니다. 그들이 없었다면 벌목꾼도 없었을 테니까요. 이처럼 종이 한 장에도 우주 만물이 모두 들어 있습니다.

우주 만물 가운데 어느 것 하나라도 없다면 종이는 존재할 수 없습니다. 종이는 종이가 아닌 요소들이 저마다 인연에 따라 모여서 만들어진 겁니다. 종이는 종이가 아닙니다. 어떤 종이도 저 혼자만의 힘으로 존재할 수는 없습니다. 햇빛과 구름, 나무와 벌목꾼을 비롯해 수없이 많은 요소가 모여서 존재하는 겁니다. 그렇게 수없이 많은 요소 가운데 어느 것 하나만 빠져도 종이는 존재할 수 없습니다.

우리의 재능도 마찬가지지요. 수많은 요소가 모여 하나의 인연이 되고, 수많은 이들의 도움으로 지금 우리의 재능이 만들어진 겁니다. 어떤 이는 이렇게 말할지도 모릅니다. "내 재능은 순전히 나의 피와 땀과 눈물로 이룬 것이다. 그렇기에 내 재능을 남과 나눌 이유도 없고 필요도 없다." 자신의 재능은 스스로 만든 것이고, 기껏해야 자신이 아는 몇몇 사람들의 도움을 받아서 만들어졌다는 겁니다. 정말 그럴까요? 아닙니다. 그의 재능은 그 사람만의 것이 아닙니다. 그의 재능은 그가 알고 있는 사람들보다 더 많은 사람, 나아가 우주 만물의 도움으로 만들어진 겁니다.

재능만 그런 게 아닙니다. 우리 자신도 그렇습니다. 우리가 존재하지 않으면 우리의 재능이란 존재할 수 없습니다. 우리 자신은 우리가 알고 있는 사람과 모르는 사람들의 힘, 나아가 우주 만물의 도움으로 살아가는 겁니다. 저 혼자만의 힘으로 존재하는 게 결코 아닙니다. 비록 내가 지금 가지고 있기는 하지만, 모두가 우주 만물의 도움으로 생겨난 것입니다. 저 혼자만의 힘으로 되는 건 아무것도 없습니다.

이제 저는 스스로 묻습니다. 나의 재능은 무엇이고, 그것은 어떻게 만들어진 것인가? 어떻게 재능을 제대로 찾아 충분히 발휘할 수 있는가? 그리고 어떻게 해야 나를 존재하게 하고 재능을 갖게 해 준 이들을 모두 기쁘게 할 수 있는가? 저는 이런 물음을 가슴 깊이 새기겠습니다. 혼자만의 힘으로 되는 건 아무것도 없기에 늘 감사한 마음을 가지고 살겠습니다. 그리고 우리 모두를 위해 열심히 살겠습니다. 이제 그대의 손끝에 내가 있고, 나의 손끝에 그대가 있듯 우리는 모두 하나로 연결되어 있는 존재라는 걸 잘 알기 때문입니다.

스물넷

이 세상에 가치 없는 존재가 있을까?

우리는 모두 다릅니다. 저마다 다른 모습을 가지고 있습니다. 얼굴이 서로 다르듯 각자 다른 가치관을 지니고 있습니다. 원하는 것과 희망하는 것도 서로 다르고, 꿈꾸는 것과 추구하는 것도 서로 다릅니다. 살아가는 모양도 저마다 다 다릅니다.

장미꽃은 장미꽃대로 아름답고, 유채꽃은 유채꽃대로 아름다운 것처럼 우리는 모두 저마다의 아름다움을 가지고 있습니다. 서로 다를 뿐 아름답지 않은 것은 하나도 없습니다. 그런데 사람들은 다름을 받아들이지 못할 때가 참 많습니다. 설사 다름이 너무 커서 이해하기 쉽지 않더라도 저마다 지닌 특성이라고 받아들이면 그만인데, 아니라고 합니다. 다르면 틀린 것이라고 수군거리고, 틀린 것은 나쁜 것이라고 손가락질합니다. 그러다 보니 우리는 시나브로 남의 것을 힐끔거리며 비교하게 됩니다. 나는 남과 무엇이 다른가? 혹시 다르다고 손가락질을 받지는 않을까?

계속해서 남의 것을 힐끔거리며 비교하면 어떻게 될까요? 약점이나 단점이 아닌데도 타인과 비교하는 순간 약점이고 단점이라고 느껴지게 됩니다. 행여나 누가 자신을 틀렸다고 손가락질할까 두려워하며 많은 사람이 추구하는 것에 스스로를 슬쩍 끼워 넣기도 합니다. 남들과 비슷해지려고요. 자신이 지닌 특별함을 특별함으로 보지 못한 채 약점이고 단점이라고 생각합니다. 얼마나 슬픈 일입니까? 이는 자신의 아름다움을 스스로 죽이는 짓입니다. 남의 것을 힐끔거리며 비교하는 건 결국 스스로 괴로움을 키우는 일입니다. 본래 없던 결함을 억지로 만들어 내는 것입니다.

어떻게 하면 남과 비교하는 걸 멈출 수 있을까요? 어떻게 해야 저마다의 아름다운 모습으로 살아갈 수 있을까요? 아잔 브라흐마의 『술 취한 코끼리 길들이기』에 나온 '벽돌 두

장' 이야기가 문득 떠오릅니다.

아잔 브라흐마라는 스님이 있습니다. 그는 몇몇 스님들과 호주에서 절을 짓게 되었는데, 돈이 턱없이 부족한 터라 자신들이 몸소 짓기로 했습니다. 브라흐마는 벽돌 쌓는 일을 맡았습니다. 그는 벽돌을 완벽하게 쌓기 위해서 온갖 정성과 시간을 다 바쳤습니다. 마침내 벽이 완성되었고, 흐뭇한 마음으로 몇 걸음 뒤로 물러서서 자신이 쌓은 벽을 바라보았습니다. 그런데 이게 웬일입니까? 중간에 있는 벽돌 두 장이 어긋나게 놓인 겁니다. 그는 달려가서 삐뚤어진 벽돌 두 장을 빼내려고 했습니다. 하지만 시멘트가 이미 굳을 대로 굳어서 빼낼 수가 없었습니다. 그는 벽을 무너뜨리고 싶었지만 그럴 수 없었습니다. 속이 몹시 상했지만 어쩔 수가 없었습니다.

어느 날 한 방문객이 절을 찾아왔습니다. 방문객은 브라흐마의 안내를 받으며 경내를 거닐다가 그 벽을 보고 말했습니다.

"매우 아름다운 벽이군요."

순간 당황한 브라흐마는 물었습니다.

"벽이 아름답다고요? 아니, 벽 전체를 망쳐 놓은 저 벽돌 두 장이 보이지 않으세요?"

"물론 보이지요. 하지만 제 눈에는 잘못 놓인 벽돌 두 장보다 더없이 훌륭하게 쌓아 올린 998개 벽돌이 보입니다."

순간 브라흐마는 무엇에 얻어맞은 것처럼 정신이 번쩍 들었습니다. 그동안 그는 잘못 놓인 벽돌 두 장만을 보았습니다. 잘못된 벽돌 두 장만을 보느라 아름다운 벽돌 998장을 보지 못했습니다. 그런데 이게 웬일입니까. 방문객의 말을 듣고 다시 보니 정말 두 장만을 빼고 나머지 998장은 모두 훌륭한 겁니다. 완벽한 벽은 아닐지 몰라도 그런대로 아름다운 벽이었습니다.

우리의 삶도 마찬가지 아닐까요? 얼마나 많은 사람이 오직 잘못 놓은 벽돌 두 장에만 초점을 맞추고 바라보며 괴로워합니까? 이 세상에 완벽한 사람은 아무도 없습니다. 신이 아닌 인간인 이상 누구나 모자라고 뒤처지는 부분이 있기 마련입니다. 설사 단점과 약점이 있더라도 괴로워할 필요가 없습니다. 단점과 약점이 있기에 장점과 강점이 생겨나기 때문입니다. 우리는 단점과 약점 몇 개 때문에 정작 우리의 진짜 아름다움을 놓치는 경우가 참 많습니다. 정신을 바짝 차리고 우리 자신의 아름다움을 발견하려고 노력해야 합니다.

물론 단점과 약점이 자랑거리는 아닙니다. 다만 단점과 약점도 나의 것이고, 그것을 지닌 나는 이 세상에 오직 하나뿐인 존재입니다. 나는 남들과 다른 존재입니다. 나는 다른 누구 때문에 존재하는 게 아닙니다. 나는 비교되고 평가될 필요가 없습니다. 지금 여기 있는 그대로 충분히 가치 있는 존재입니다. 그러니 나 자신의 장점과 단점 가운데 어느 것 하나도 내치지 말고 나의 존재 자체를 있는 그대로 받아들이고 사랑해야 합니다. 그렇게 나 자신을 있는 그대로 사랑하는 겁니다. 세상에 단 하나뿐인, 남들이 가질 수 없는 자기 자신만의 모습으로 살아가는 겁니다.

페데리코 펠리니Federico Fellini가 감독한 「길」이라는 영화가 있습니다. 천사처럼 마음씨가 곱지만 어딘가 좀 모자라는 순박한 소녀인 젤소미나가 짐승 같은 곡예사 잠파노한테 버림받은 뒤 병들어 죽고, 그런 사실을 뒤늦게 알게 된 잠파노가 참회하며 눈물 흘리는 영화입니다.

어느 날 잠파노가 오다가다 만난 마르코라는 친구를 두들겨 패고 경찰서 유치장에 갇힙니다. 자기가 유일하게 의지하던 사람이 갑자기 유치장에 갇히자 젤소미나는 “내가 왜 살아야 하는가?”라며 실의에 빠집니다. 그런 젤소미나에게 마르코가 말합니다.

“네 인생에도 의미가 있어, 의미가 있어야 해! 이 돌멩이에도 의미가 있듯이 말이야.”

“제 인생에 무슨 의미가 있어요?”

“무슨 의미인지는 몰라. 그렇지만 무슨 의미든지 있어야 해! 만일 이 돌멩이에 의미가 없다면 이 세상 어느 것도 의미가 없어.”

돌멩이 같은 것도 존재하는 의미가 있듯이 이 세상에 존재하는 것은 모두 저마다 의미가 있다는 말입니다. 아무도 거들떠보지 않는 돌멩이 하나도 존재하는 가치가 있는데, 하물며 우리 인간한테 의미가 없겠습니까? 우리 스스로 찾지 않았을 뿐이지요. 삶의 주체가 아니라 객체로 끌려다니면서 살다 보니 삶의 의미나 가치를 찾지 못했을 뿐입니다. 저는 그런 사람이 되지 않겠습니다. 이 세상에 단 하나뿐인 사람이 되어 남들이 가질 수 없는 저만의 모습으로, 저만의 의미와 가치를 위해 열심히 살겠습니다. 그리고 쓸데없이 남과 비교하며 저만의 특별함과 아름다움을 죽이지 않도록 저의 유일한 삶을 만드는 데 더 집중하겠습니다.

스물다섯

자기 삶의 주인공이란 무엇인가?

중국 당나라 때 서암 사언瑞巖師彥이라는 선사가 있었습니다. 그는 온종일 절 마당에 있는 큰 바위에 앉아 자기 자신한테 큰 소리로 "주인공主人公!"이라고 부릅니다. 그리고는 곧바로 "예!"라고 대답합니다. 날마다 "주인공!", "예!", "주인공!", "예!" 라고 부르고 대답하는 게 일과였습니다.

왜 그는 날마다 큰 소리로 자기를 "주인공!"이라고 불렀을까요? 또한 왜 큰 소리로 "예!"라고 대답했을까요? 간단합니다. 자기 삶의 '주인'이 되라는 겁니다. 그것도 그냥 주인이 아니라 주인공이 되라는 것입니다. 주인공의 공公은 본래 '임금'을 가리키던 말이었으니 아주 귀하고 귀한 존재로 살아가라는 뜻이지요. 그저 이름만 주인이 아니라 '진짜 주인'이 되어 참된 삶을 누리라는 겁니다. 이름만 주인 행세를 하면서 세월을 보내기에는 우리 삶이 너무 소중하니까요. 그 사실을 일깨우기 위해 서암 선사는 날마다 "주인공!", "예!", "주인공!", "예!"라고 소리쳤던 게 아닐까요?

"사람은 누구나 자기 인생이라는 이야기의 주인공이다."

미국의 작가 존 바스John Barth가 한 말입니다. 사람은 저마다 자기 인생을 만들어 가는 주인공이라는 겁니다. 그렇습니다. 자기 인생에서 주인공이 아닌 사람은 아무도 없습니다. 잘 살아도 자신이 주인공이고, 못 살아도 자신이 주인공입니다. 누가 뭐라고 해도 인생은 저마다 자신이 주인공이 되어 꾸며 가는 작품입니다. 그것이 훌륭한 예술 작품으로 남든 아니면 쓰레기 같은 작품으로 남든, 모두가 자신이 주인공이 되어 만들어 가는 겁니다.

그런데 가만히 보면 많은 이들이 이런 사실을 생각하지 못하는 것 같습니다. 슬프게도 자기가 자기 삶의 주인공이라는 걸 잊고 사는 것이지요. 누구라고 할 것도 없습니다. 저부터 그러니까요. 게다가 더 슬픈 점은 자기 삶을 스스로 초라하고 보잘것없다고 깎아내리는 겁니다. “사람이 온 천하를 얻고도 제 목숨을 잃으면 무엇이 유익하냐?”라고 예수께서 말씀하셨잖아요. 무엇과도 바꿀 수 없는 게 자기 자신의 삶인데, 어째서 그렇게 소중한 삶을 아무렇지도 않게 여기는 걸까요?

한국은 자살률이 무척 높은 나라입니다. 매년 발표되는 자료를 보면 선진국이라는 OECD 국가 가운데 언제나 1, 2위를 다툽니다. 한국은 세계가 인정하는 잘사는 나라가 되었는데, 그래서 생활이 넘쳐 날 정도로 풍요로워졌다고 하는데 자살률이 가장 높습니다. 자살률이 높다는 게 무엇입니까? 한마디로 말해 살기가 힘들다는 거 아닙니까? 이렇게 사느니 차라리 죽는 게 낫다며 자기 삶을 포기하는 것 아닙니까? 자기 삶의 주인공 자리를 스스로 내던지면서요. 참으로 슬픈 일이지요.

사실 우리나라는 그동안 눈부신 발전이라는 허울을 위해 사람다운 삶을 놓쳐 버렸습니다. 모두가 돈벌이에 지나지 않는 성공을 내세우며 무한 경쟁 사회를 만들다 보니 너무 많은 이들이 지나친 기대와 압박을 받아 삶을 스스로 포기하는 지경까지 이르게 된 겁니다. 주위를 한번 돌아보십시오.

"나는 저 사람보다 못난 존재야! 나는 제대로 할 줄 아는 게 아무것도 없어. 뭘 해도 잘할 수 없을 것 같아."라고 말하며 자기 자신을 낮게 평가하는 사람이 얼마나 많습니까? 자기 자신을 스스로 낮게 평가하니 남들의 눈치나 보게 됩니다. 그러면 자기 인생의 주인공이 되기 힘듭니다. 남들의 눈치 보기도 바쁜데 어떻게 "나는 나다!"라고 내세우는 주인공이 될 수 있겠습니까?

말은 쉽지만 사실 자기 삶의 주인공으로 사는 건 여간 힘든 일이 아닙니다. 누구나 다 아는 사실이지만 인생이 그렇게 녹록하고 만만한 게 결코 아닙니다. 겉으로 볼 때는 모두 멀쩡한 것 같지만 저마다 나름대로 어려움을 가지고 있습니다. 하지만 우리 인생은 어떻게 흘러갈지 아무도 알 수가 없습니다. 잘나가던 사람이 하루아침에 망하기도 하고, 지지리 궁상을 떨던 사람이 하루아침에 스타가 되기도 합니다. 언제 어디서 어떤 반전이 일어날지는 아무도 모릅니다. 어쩌면 그런 반전이 있기에 우리 인생이 살 만한 것 아닐까요?

금수저인 남자가 주인공인 연속극이 있다고 합시다. 그는 엄청난 부잣집에서 태어난 데다 잘생기고 똑똑하며 성격까지 좋습니다. 문제가 없는 게 문제일 정도로 멋진 사나이로 자라서 하는 일마다 전부 잘되는 것으로 마무리됩니다. 그러면 보는 이들이 재미있다고 할까요? 아니면 "저게 뭐야?"라고 할까요? 드라마라는 게 뭡니까? 아무도 예상하지 못했던 반전으로 사람의 흥미를 끄는 것 아닙니까?

어떻게 흘러갈지 모르기 때문에 살 만하고 재미있는 게 인생입니다. 언제 어디서 어떤 일이 일어날지 알 수 없기에 결코 포기할 수 없는 게 인생이고요. 지금 내 모습이 마음에 들지 않을 순 있지만, 미래의 내 삶은 얼마든지 달라질 수 있습니다. 지금까지 이어진 이야기가 앞으로 어떻게 전개될지 누구도 모르는 게 인생이라는 드라마입니다. 그러니 아무리 어렵고 힘들더라도 너무 기죽을 필요는 없습니다. 어렵고 힘든 건 사실이지만, 아직 끝나지 않은 인생에 '실패'라는 딱지를 붙여서 너무 일찍 끝낼 필요는 절대 없습니다. 누가 뭐라고 해도 내 인생 이야기는 어떤 누구도 대신 쓸 수 없습니다. 오직 나만이 쓸 수 있고, 내가 써야만 합니다. 남의 삶이 아니라 자신의 삶이니 서암 선사가 외친 대로 삶의 주인공이 되어야 합니다.

이제 저는 날마다 자기 자신한테 "주인공!"이라고 크게 외친 서암 선사의 뜻을 잊지 않겠습니다. "사람은 누구나 자기 인생이라는 이야기의 주인공이다."라는 존 바스의 말을 날마다 되새기며 하루하루를 진짜 주인공으로 살아가겠습니다. 명품 코트를 걸쳐야 기가 사는 사람이 아니라 허술한 셔츠 한 장을 걸쳐도 멋지다는 소리를 들을 수 있도록 노력하겠습니다. 그것이 바로 참된 삶의 주인공이 되는 길임을 잊지 않겠습니다.

스물여섯

어떻게 사는 게 훌륭한 삶인가?

"공부 열심히 해서 훌륭한 사람이 되어야 한다."

이런 말을 혹시 저만 듣고 자랐을까요? 아닐 겁니다. 누구나 듣고 자랐을 것입니다. 우리는 부모님과 선생님 그리고 어른들한테 훌륭한 사람이 돼야 모두에게 인정받고 존경받을 수 있다고 들었습니다. 인정받고 존중받아야 행복한 삶을 살 수 있다는 말을 숱하게 들으며 자랐습니다. 게다가 이런 말을 하는 분들은 하나도 빠짐없이 말했지요. "이 모든 게 너를 위한 거고, 너의 행복을 위한 거야."

얼마나 고마운 일입니까? 그런데 모두 너를 위한 것이라는 말이 그리고 훌륭한 사람이 되어야 한다는 말이 어깨를 토닥

이는 고마운 격려가 아니라, 어깨를 짓누르는 무거운 압력으로 느껴졌던 것은 무슨 까닭일까요? 열심히 공부해서 훌륭한 사람이 되라는 말이 나쁜 것은 아닙니다. 세상에 훌륭한 사람이 되는 걸 누가 싫어하겠습니까? 문제는 어떤 사람이 훌륭한 사람인지, 어떻게 사는 게 훌륭한 삶인지는 알려 주지 않은 채 무조건 훌륭한 사람이 되라고 하는 겁니다. 훌륭한 사람이 되어야 행복하다고만 했지, 어떻게 사는 게 행복한 것인지는 말해 주지 않았습니다.

이러다 보니 훌륭한 사람이 되라는 말은 슬그머니 일등 하라는 말로 바뀝니다. 일등 하라는 것은 '과정'은 무시하고 오로지 '결과'만 좋으면 된다는 말로 들립니다. 남들을 짓밟고 서라도 무조건 일등을 해야 한다는 압력이 몰려옵니다. 일등은 남들한테 잡힐까 불안해서 불행하고, 일등이 아닌 사람은 낙오자라는 손가락질에 불행합니다. 이제 훌륭한 사람이 되기 위해 훌륭하지 못한 짓을 서슴없이 하는 세상이 되었습니다. 그러니 어떻게 행복할 수 있겠습니까? 한번 생각해 보십시오. 사회에서 나보다 훨씬 잘된 친구를 만날 때 마음이 어떤지요. 친구가 잘된 걸 진심으로 기뻐하나요? 아니면 겉으로만 기뻐하는 척하나요? 이런 세상이 정말 행복한 세상인가요?

외국에서 몇 년 유학한 덕분에 사귄 외국인 친구들이 한국 친구들보다 오히려 마음 편할 때가 있습니다. 마땅히 한국인 친구가 편해야만 할 것 같은데 외국인 친구와 함께하는 게 더 편합니다. 어째서일까요? 외국인 친구들을 경쟁 상대로 보지 않아서 그런 것 아닐까요? 외국인 친구는 이기려고 애쓰지 않아도 되잖아요? 경쟁 상대가 아닌 순수한 친구로 지낼 수 있잖아요? 그러니 얼마나 슬픈 노릇입니까? 내 나라 친구보다 외국인 친구가 더 편하다는 것이. 이게 모두 훌륭한 사람이 되어야만 한다는 무언의 압력 때문에 생겨난 일 아닐까요?

> 위대한 일은 없다. 오직 작은 일들만 있을 뿐이다. 그걸 위대한 사랑으로 하면 된다.[40]

40 문숙, 『위대한 일은 없다』, 샨티, 2019, 34쪽.

인도의 성자聖者 테레사 수녀가 한 말입니다. 위대한 일도 없고, 훌륭한 일도 없다는 겁니다. 오로지 작고 평범한 일만 있습니다. 그렇게 작고 평범한 일을 위대한 사랑으로 하면 됩니다. 그러니 지극히 평범한 사람이라고 좌절하고 괴로워할 필요가 없습니다. 설사 작고 하찮은 사람일지라도 자신이 하는 일을 위대한 사랑으로 만들면 됩니다. 그럼 어떻게 해야 평범한 내 삶을 위대하게 만들 수 있을까요? 톨스토이 L. Tolstoy는 다음 세 가지 물음의 답을 제대로 알면 바르고 행복하게 살 수 있다고 말합니다.

> 첫째, 이 세상에서 가장 중요한 때가 언제인가? 바로 지금 이 순간이다. 둘째, 이 세상에서 가장 중요한 사람은 누구인가? 바로 지금 나와 함께하는 사람이다. 셋째, 이 세상에서 가장 중요한 일은 무엇인가? 바로 지금 나와 함께하는 사람한테 좋은 일善을 하는 것이다.[41]

---

41 레프 니콜라예비치 톨스토이, 『세 가지 질문』, 장영재 옮김, 더클래식, 2021, 16~17쪽.

바로 지금, 이 순간 여기에서 나와 함께하는 사람을 기쁘게 해 주되 선한 일을 하는 게 가장 중요하다는 말입니다. 위대하고 훌륭한 일은 저 멀리 있는 게 아니고 바로 내 곁에 있다는 것이지요. 지금 나한테 일어나는 일들을 어떻게 받아들이고 처리하느냐에 따라 훌륭한 삶이 될 수도 있고, 쓰레기 같은 삶이 될 수도 있다는 뜻입니다. 가슴 깊이 새겨듣지 않을 수 없는 이야기입니다.

결국은 내 마음입니다. 위대한 일은 원래부터 없었습니다. 위대한 일이건 하찮은 일이건 모두 내 마음에 달렸습니다. 삶이란 본래 작고 평범한 일들로 이루어져 있습니다. 그렇게 작고 평범한 일들로 행복한 삶을 만드는 게 진짜 위대한 일입니다. 작고 평범한 일을 제대로 하지 못하는 사람은 큰일을 제대로 할 리가 없습니다. 작고 평범한 일을 잘하는 사람만이 크고 위대한 일을 만들 수 있습니다.

저는 그런 삶을 살고 싶습니다. 뭔지도 모르는 훌륭한 삶이 아니라 평범한 삶이지만 진짜 행복한 삶을 살겠습니다. 남들이 보기에 행복한 삶이 아니라 스스로 행복한 삶을 위해 살겠습니다. 바로 지금, 이 순간 나와 함께하는 사람을 기쁘게 해 주는 선한 일에 최선을 다해 작고 평범한 삶을 위대하게 만들어 보겠습니다. 행여나 마음이 흔들리고 힘들 때면 권정생 작가가 말한 강아지똥, 세상에서 가장 무시당하는 존재였지만 아름다운 꽃을 피워 낸 강아지똥을 생각하면서 열심히 살아가겠습니다.

> 어느 날, 강아지똥은 비를 맞아 부서진 채 흐물흐물 땅속으로 스며들었다. 그리고 그 옆에는 민들레꽃이 피어났다. 누구 하나 거들떠보지 않고, 남들에게 천대만 받는 하찮은 강아지똥이 자신의 온몸을 녹여 한 생명을 꽃피워 낸 것이다. 이 얼마나 아름다운 일인가![42]

---

42 권정생 글, 정승각 그림, 『강아지똥』, 길벗어린이, 2021.

스물일곱

어째서 자비를 느낄 수 없는가?

세상에서 가장 아름다운 말이 무엇일까요? 아마도 사랑이라는 말 아닐까요? 기독교에서 믿음 소망 사랑 가운데 제일이 사랑이라고 말하잖아요. 불교에서는 자애慈愛라 하고요.

자애는 자식에 대한 어버이의 사랑처럼 깊고 넓은 사랑을 말합니다. 우리가 흔히 말하는 사랑보다 더 깊은 사랑, 한량없고 조건 없는 어머니의 사랑 같은 순수한 사랑입니다. 온갖 고통과 두려움에서 벗어나 진정으로 자유롭게 해 주는 사랑입니다. 『숫타니파타』 자비경慈悲經은 그런 사랑을 이렇게 알려 줍니다.

살아 있는 모든 생명이 행복하기를! 서로를 속이지 말고 헐뜯지 말지니, 누구든 분노나 원한 때문에 서로에게 고통을 주지 마라. 마치 어머니가 목숨을 걸고 외아들을 돌보듯 모든 존재에 대해 끝없는 자애의 마음을 베풀라. 세상의 사방 끝에서 끝까지 감싸 안는 사랑의 마음을 키우라. 걷거나 앉거나 서 있거나 누워 있을 때라도 미움과 원망을 넘어선 자애의 마음을 새기라. 항상 깨어 바른 생각을 놓치지 않음이 거룩한 마음가짐이다. 그러면 결코 불행의 나락에 빠지지 않으리라.[43]

마치 어머니가 목숨 걸고 외아들을 돌보는 마음으로 사랑을 실천하라는 겁니다. 언제 어디서든 미움과 원망을 넘어 사랑으로 모든 걸 끝까지 감싸 안으라는 것이지요. 기독교에서 노래하는 것처럼 오래 참고, 온유하며, 시기하지 않고, 자랑하지 않고, 교만하지 않은 사랑을 실천하라는 뜻입니다. 그런데 지금 우리는 어떻습니까? 자애의 마음이 우리 안에 있을

43 법정, 『숫타니파타』, 이레, 1999, 58~59쪽.

까요? 남의 행복을 진심으로 기뻐하고 즐거워하나요? 오히려 타인의 성공과 행복을 시기하고 질투하지 않나요? 그렇다면 어째서 자비의 마음을 느낄 수 없는 걸까요?

가장 핵심적인 이유는 욕심이 너무 지나치기 때문입니다. 욕심이 어느 순간 눈덩이처럼 불어나 분노와 원망, 비교와 질투 같은 마음을 길렀기 때문입니다. 우리는 세상이 자기 위주로 돌아가기를 바랍니다. 세상이 내가 원하는 대로 돌아가지 않을 때면 걷잡을 수 없는 분노와 원망에 휩싸이는 때가 참 많습니다. 게다가 나는 최고가 되어야 행복하다고 배우며 자랐습니다. 적어도 내 옆에 있는 친구보다는 더 잘돼야 한다며 치열한 경쟁 사회로 뛰어들어 자기도 모르는 사이에 남들과 비교하고 견주는 일을 밥 먹듯이 하고 있습니다. 그러다 보니 끊임없이 질투와 시기심에 사로잡힙니다.

이렇게 마음이 질투와 시기심, 분노와 원망으로 채워지면 자애로운 마음을 가질 수가 없습니다. 자애로운 사랑을 할 수가 없으니 다시 시기하고 질투하는 악순환에 빠져 불행해지고요. 이런 악순환에서 벗어나야 합니다. 그러지 않으면 결코 행복할 수 없으니 어떻게 해서든 빠져나와야만 합니다. 무엇보다 먼저 우리 자신이 행복하기 위해서라도 우리를 병들게 하는 욕심을 줄이고, 비교하고 견주는 일을 멈추고, 시기하고 질투하는 일을 그만두어야 합니다. 그럼 어떻게 해야 자애로운 마음으로 행복한 나날을 보낼 수 있을까요? 하루하루를 자애 명상으로 시작하는 겁니다.

틱낫한 스님이 말씀한 대로 명상은 사물을 자세히 살피고 다른 사람들이 보지 못하는 부분까지 보는 것입니다. 나아가 우리가 겪는 고통 뒤에 깔린 잘못된 관점까지도 살필 수 있게 해 주는 훈련입니다. 이를 통해 잘못된 관점에서 벗어날 때 행복하게 살아가는 지혜를 기를 수 있는데, 이런 명상 가운데 하나가 자애 명상입니다.

자애 명상은 글자 그대로 자애라는 마음을 길러 실천하는 훈련입니다. 살아 있는 모든 생명이 행복하고 안락하며 편안해지기를 바라는 마음을 온 세상에 가득 채우는 겁니다. 우선 아침에 일어나 출근하기 위해 집을 나서면서 자신에게 자애 에너지를 심습니다. 오늘 내가 가는 곳마다, 만나는 사람마다 모두 행복하고 평안하기를 기도합니다. 내가 즐겁고 행복하기를 바라듯 그들도 모두 즐겁고 행복하게 되기를 바랍니다. 내가 잘되기를 바라듯 그들도 모두 잘되기를 바랍니다. 그들과 나는 따로 떨어져 별개로 존재하는 게 아니라 모두가 하나로 이어져 있기 때문입니다. 내가 있기에 그들이 있고, 그들이 있기에 내가 있는 것입니다.

자애 명상은 남을 위한 것처럼 보이지만, 사실은 자신의 행복을 위한 겁니다. 모든 생명이 편안하고 행복하기를 기도하는 자애 명상을 통해 불행의 가장 큰 원인인 욕심과 이기심을 없앨 수 있기 때문이지요. 이제부터 저는 이렇게 아름다운 자애 명상을 시작하겠습니다. 먼저 주변에 있는 사람들이 편안하고 행복해지기를 바라고, 나아가 세상 모두가 평화롭게 살아가기를 기도하겠습니다. 늘 이런 마음을 갖고 기도한다는 것은 결코 쉬운 일이 아니지만, 게다가 이제까지 살던 방식이 아니라 더욱 어렵고 힘든 일이겠지만, 최선을 다해 열심히 노력하겠습니다. 그리하여 자비경에서 노래하듯 모두가 평안하고 행복하기를 바라는 아름다운 사람이 되겠습니다. 아름답고 행복한 일일수록 어렵고 힘들다는 걸 이제는 알기 때문입니다.

살아 있는 것은

모두 다 행복하여라.

평안하고 안락하여라.

살아 있는 것은 무엇이든

약하거나 강하거나 굳세거나

긴 것이건 짧은 것이건 중간치건

눈에 보이는 것이나 보이지 않는 것이나

멀리 있는 것이나 가까이 있는 것이나

이미 태어난 것이나 앞으로 태어날 것이나

살아 있는 것은 모두 다 행복하여라.[44]

---

44 법정, 『숫타니파타』, 이레, 1999, 58~59쪽.

스물여덟

죽음의 문턱에 섰던 일이 있는가?

우리는 언젠가 반드시 죽습니다. 때가 되면 죽는다는 사실을 부정하는 사람은 아무도 없습니다. 하지만 죽음을 이야기할 때마다 그건 남의 일이고 자신한테는 해당 사항이 없는 것처럼 생각합니다. 죽음은 누구나 피하고 싶은 것이기 때문입니다. 무섭고 두려운 것이기도 하고요. 저도 마찬가지입니다. 사실 죽음을 진지하게 생각해 본 적도 없습니다. 한창 젊은 나이인 저에게 죽음은 그저 남의 이야기일 뿐이었습니다. 대단한 일은 아니지만, 두 번의 아찔한 사고로 죽음의 문턱에 다녀오기 전까지는요.

3년 전 어느 한여름 날에 태국에서 그야말로 죽다 살아난 사고를 겪었습니다. 영국인 친구와 배낭여행을 하던 중이었습니다. 타고 가던 오토바이가 커브 길에서 뒤집히는 바람에 온몸을 다쳤습니다. 간신히 목숨은 건졌는데, 그때 처음으로 죽음이라는 걸 떠올렸습니다. 가슴이 섬뜩해지면서 '아, 죽는 게 이런 거구나' 하는 생각이 들었습니다. 하지만 그것도 잠깐, 태국에서 겪었던 끔찍한 경험은 어느새 다 잊어버렸습니다. 그리고 아무렇지도 않게 살다가 또다시 죽을 뻔한 경험을 했습니다.

얼마 전 서울을 다녀오는 고속도로에서 일어난 일입니다. 제가 탄 승용차가 앞서가던 화물차를 받을 뻔했습니다. 캄캄한 밤인데도 라이트를 켜지 않고 달리던 화물차를 발견했을 때는 이미 속도를 멈출 수 없는 상황이었습니다. 꼼짝없이 추돌 사고가 벌어질 것 같았고, 저는 '이번에는 정말 죽는구나' 하고 생각했습니다.

다행히 끔찍한 사고는 면했지만, 며칠 동안 죽음의 공포에 시달려야 했습니다. 죽음이 남의 일인 줄 알았는데 바로 내 일이라는 걸 뼈저리게 느꼈습니다. 두 번째 겪는 일이라 이번에는 정말 심각했습니다. 죽음이 제 허리춤을 잡고 히죽히죽

웃는 것 같았습니다. '지금 내가 사는 게 아니라 죽음을 향해 가고 있구나' 하는 생각에 괴롭고 불안해졌습니다. 그렇게 며칠을 몸서리치다 문득 공부 모임에서 읽은 죽음에 관한 글이 떠올랐습니다. 고대 그리스 철학자 에피쿠로스Epicouros의 글입니다.

에피쿠로스는 사람들 사이에 널리 퍼져 있는 죽음에 대한 두려움이 이치에 맞지 않는 어리석은 감정이라고 주장합니다. 죽음은 우리에게 아무것도 아니라는 것이지요. 우리가 살았을 때는 죽음이 아직 나타나지 않고, 죽음이 닥치면 우리는 존재하지 않으니,[45] 산 사람한테나 죽은 사람한테나 죽음은 아무 관계가 없다는 겁니다. 그러니 죽음을 두려워하는 건 오로지 바보들이나 하는 아주 어리석은 짓이라는 말이지요. 죽음을 걱정하고 두려워할 시간이 있으면, 그 시간에 인생을 더 즐기라는 겁니다.

그런가 하면 독일의 철학자 하이데거M. Heidegger는 죽음만큼 심각한 건 없다고 말합니다. 사람이라면 누구나 죽음을

---

45 Epicurus, *Letter to Menoeceus*, 29쪽.

두려워합니다. 죽음에 대한 두려움으로 불안해합니다. 죽음은 자신이 더는 존재하지 않게 되는 사건이고, 모든 게 끝나는 일이기에 우리를 가장 두렵고 고통스럽게 만든다는 것입니다. 하지만 죽음에 대한 불안이 우리를 고통스럽게만 하는 건 아닙니다. 자신이 죽는다는 사실을 진심으로 깨달을 때, 죽음에 대한 각성은 우리의 진짜 모습을 찾게 해 주는 힘이 될 수도 있습니다. 아무 예고 없이 어느 한순간에 끝날 수 있는 게 우리 인생이다 보니 죽음에 대한 각성은 삶을 다시 돌아볼 수 있게 해 주는 계기가 됩니다. '나는 어떻게 살고 있는가? 지금 이대로 사는 게 충분한가? 어떻게 살아야 하는가?'

죽음에 대한 두려움을 진심으로 느낄 때 인간은 크게 두 가지 상반되는 태도를 지니게 된다고 합니다. 하나는 진정성이고 다른 하나는 비진정성입니다. 진정성은 진짜 나로 사는 사람의 태도이고, 비진정성은 가짜 나로 사는 사람의 태도입니다. 말할 것도 없이 비진정성보다는 진정성 있는 삶을 살아야 한다고 하이데거는 말합니다. 가짜 나로 사는 것은 자신이 누구인지, 자신이 어떤 삶을 원하는지조차 묻지 못하고 그저 습관에 따라 그리고 남이 하는 대로 따라 흘러가는 겁니다.

그렇게 살면 편리할지는 모르지만 행복하지는 않습니다. 진짜가 아닌 가짜로 사는 삶이 어떻게 행복할 수 있겠습니까? 하루를 살더라도 진짜 나로 살아야 합니다. 그렇다면 진짜 나로 살아가는 건 무엇인가? 어떻게 해야 진정성 있는 삶이 되는가? 어떻게 해야 진짜 나의 존재 가치를 활짝 펼칠 수 있는가? 이것들이 두 번의 죽을 고비를 넘기면서 생각하게 된 물음입니다.

대단치는 않지만 두 번이나 죽음의 문턱에서 돌아오다 보니 정말 살고 싶습니다. 그냥 숨만 쉬며 사는 게 아니라 정말 사는 것처럼 살고 싶습니다. 남의 눈치나 슬슬 보며 끌려다니는 가짜 제가 아니라 누가 뭐라고 해도 진심으로 원하는 삶을 선택하고, 선택한 것에 온전히 책임지는 진짜 저로 살고 싶습니다. 그래서 진짜 죽음을 맞이할 때는 천상병千祥炳 시인이 노래한 「귀천歸天」처럼 아름다운 이 세상 소풍 끝내고 하늘로 돌아가서, 아름다웠더라고 말할 수 있는 사람이 되도록 열심히 또 열심히 살겠습니다. 죽음이 하나도 두렵지 않도록 말입니다.

스물아홉

짧은 인생을 어떻게 살 것인가?

2019년 보건복지부에서 2017년도 기준 한국인의 기대 수명을 발표했습니다. 기대 수명은 0세 출생자가 앞으로 생존할 것이라고 기대되는 평균 생존 연수를 가리키는 말입니다. 평균 수명이라고도 하는데 한국인의 기대 수명은 2017년 기준으로 82.7년이라고 합니다. 옛날 어르신들은 인생 80이라고 하셨는데, 마침내 80년을 넘어선 겁니다.

공부 모임에서 늘 하는 말이지만 인생은 별것이 아닙니다. 태어나서 죽을 때까지 순간순간 한 일들을 모두 모아 놓은 게 우리 인생입니다. 죽을 때까지 80년 동안 한 일들 가운데 보람 있는 일이 많으면 많을수록 행복한 인생이고, 부끄러운 일이 많으면 많을수록 불행한 인생이라는 겁니다.

우리 인생은 길다고 생각하면 길고, 짧다고 생각하면 짧습니다. 과연 80년이라는 시간은 긴 걸까요? 아니면 눈 깜짝할 사이에 지나가는 순간일까요? 인생 80은 대략 지구 70바퀴라는 셈법이 있습니다.[46] 사람이 보통 한 시간에 4km 정도를 걸으니 80년을 밤낮없이 걸으면 둘레가 4만km 정도인 지구를 70바퀴 돕니다. 지구에서 달까지 거리가 약 38만 4,400km 이니 달까지 세 번 반 정도 왕복하지요. 엄청나게 긴 것 같지요? 그런데 일본 에도시대 때 하이쿠俳句(일본 고유의 짧은 시)로 이름을 날리던 마쓰오 바쇼松尾芭蕉는 인생이 결코 긴 게 아니라고 노래합니다.

> 얼마나 놀라운 일인가,
> 천둥 번개를 보면서도
> 삶이 한순간인 것을 모르니![47]

---

46 김태관, 『보이는 것만이 인생의 전부는 아니다』, 홍익출판사, 2012, 17~18쪽.

47 류시화, 『한 줄도 너무 길다』, 이레, 2000, 13쪽.

천둥 번개가 한 번 번쩍하고 지나가는 것처럼 짧은 게 우리 인생이라는 겁니다. 그렇습니다. 인생은 짧습니다. 새털처럼 많은 날이라고 하지만, 풀잎 끝에 매달린 이슬처럼 한순간에 사라지는 게 우리 인생입니다. 게다가 단 한 번밖에 주어지지 않습니다. 되돌릴 수도 없습니다. 물건은 샀다가 마음에 들지 않으면 반품하거나 환불받을 수 있습니다. 하지만 우리 삶은 반품할 수도 없고 환불받을 수도 없습니다. 그저 단 한 번에 모든 게 결정되면 그만이기에, 모든 게 단 한 번밖에 주어지지 않기에 일기일회가 우리 삶의 참된 모습입니다. 그래서 우리는 자기 자신한테 묻고 또 물어야 합니다. 단 한 번뿐인 짧은 인생을 어떻게 살아야 할까? 과연 어떻게 살아야 후회 없는 삶이 될까?

문득 스티브 잡스Steven Paul Jobs가 2005년 미국의 스탠퍼드 대학 졸업식에서 읽었던 축하 연설문 가운데 한 대목이 떠오릅니다.

> 열일곱 살 때 이런 글을 읽었습니다. "만약 하루하루를 인생의 마지막 날처럼 살아간다면 언젠가는 틀림없이 성공할

것이다." 이 글에 감명받은 나는 33년 동안 매일 아침 거울을 보며 제게 묻곤 했습니다. 오늘이 내 인생의 마지막 날이라면 오늘 내가 하려고 했던 일을 할 것인가? 그리고 "아니오."라는 대답이 여러 날 계속되면 변화가 필요한 때라는 걸 깨달았습니다.[48]

하루하루를 인생의 마지막 날처럼 살아가면 틀림없이 성공한다는 겁니다. 스탠퍼드 같은 명문 대학은커녕 대학을 졸업하지도 못한 스티브 잡스가 '우리 시대의 아이콘'으로 자리잡을 수 있었던 이유를 보여 주는 말이지요. 짧은 인생을 후회 없이 사는 방법은 한 가지밖에 없습니다. 순간순간을 충만하게 사는 겁니다. 스티브 잡스가 말했듯이 매 순간을 마지막인 것처럼 온 힘을 다해 사는 것입니다.

인생은 한 번밖에 없는 기회입니다. 일분일초도 허투루 쓰면 안 됩니다. 헛되이 쓰는 시간만큼 내 삶을 까먹는 셈입니다. 그러지 않아도 짧을 인생을 더 짧게 만드는 것입니다. 그

48 짐 코리건, 『스티브 잡스 이야기』, 권오열 옮김, 명진출판, 2013, 298쪽.

러니 정신을 바짝 차리고 순간순간을 충만하고 진실하게 살아야 합니다. 그러려면 지금, 이 순간을 놓치지 말라는 붓다의 가르침을 잊지 말아야 합니다.

인생 80이라고 하지만 우리에게 주어진 시간은 지금, 이 순간밖에 없습니다. 과거는 이미 지나가 버렸으니 없는 시간입니다. 미래도 아직 오지 않았으니 역시 없는 시간이고요. '옛날에는 어땠는데' 하면서 과거로 돌아가거나 '미래에는 어땠으면' 하면서 미래로 도망쳐서는 안 됩니다. 모두 있지도 않은 시간을 위해서 있는 시간을 갉아먹는 겁니다. 과거나 미래에 붙잡혀서 지금, 이 순간을 낭비하는 것만큼 어리석은 일은 없습니다.

이제 저는 한 번밖에 주어지지 않은 짧은 인생을 충실하게 살아가겠다고 다짐합니다. 지금, 이 순간을 놓치지 않고 순간순간 최선을 다해 살겠습니다. 스티브 잡스 같은 사람은 아니더라도 좋습니다. 스스로 생각할 때 이 정도면 됐다며 웃고 만족할 수 있도록 노력하겠습니다. 누구보다 먼저 제 자신을 위해서 그리고 저를 지켜보는 분들을 위해서 저만의 충만하고 아름다운 삶을 이루도록 노력하겠다고 다짐합니다. 법정 스님이 남기신 말씀을 큰 소리로 읽으면서.

> 살 때는 삶에 철저해 그 전부를 살아야 하고,
>
> 죽을 때는 죽음에 철저해 그 전부가 죽어야 한다.
>
> 삶에 철저할 때는 털끝만치도 죽음을 생각할 필요가 없다.
>
> 일단 죽게 되면 조금도 삶에 미련을 두어서는 안 된다.
>
> 사는 것도 나 자신의 일이고, 죽음도 나 자신의 일이니,
>
> 살 때는 철저히 살고, 죽을 때 또한 철저히 죽을 수 있어야 한다.
>
> 꽃은 필 때도 아름다워야 하지만, 질 때도 아름다워야 한다.[49]

---

49 법정, 『살아 있는 것은 다 행복하라』, 류시화 엮음, 조화로운삶, 2006, 134~135쪽.

서론

제대로 죽는 방법이 있는가?

세상을 살다 보면 힘들고 어려운 일이 참 많습니다. 얼마나 힘들고 어려운지 '이 모든 것이 꿈이었으면' 하고 바랄 때도 있습니다. 때로는 모든 걸 내팽개치고 어디론가 훌훌 떠나서 숨어 버리고 싶기도 합니다. 심지어는 차라리 죽어 버리는 게 좋겠다고 생각하다가 화들짝 놀라기도 하지요. '내가 어쩌다 이런 생각까지 하지?'

하지만 야속하게도 어렵고 힘든 현실이 우리를 비켜 가는 법은 없습니다. 우리도 피할 수 없고요. 독일의 철학자 하이데거가 주장했듯이 인간은 상황에 내맡겨진 존재인 까닭에 저마다 처한 상황에서 한 치도 벗어날 수 없습니다. 그러니 우리가 할 수 있는 방법은 한 가지밖에 없습니다. 자신이 처한 상황을 부인하지 말고 맞서는 겁니다. 어렵고 힘든 상황이지만, 부처님이 노래했듯이 소리에 놀라지 않는 사자처럼 맞서는 것입니다. 아주 의연하게 말입니다.

어떻게 해야 의연하게 맞설 수 있을까요? 가장 좋은 방법은 자신이 처한 상황을 있는 그대로 받아들이고 긍정하는 겁니다. 벗어날 수 없는 현실을 애써 거부하지 말고 기꺼이 받아들여서 적절하게 대응하는 것입니다. 그런데 기꺼이 받아들이기가 정말 힘든 존재가 있습니다. 가능하면 맞서지 않고 피하고 싶은 게 있습니다. 바로 죽음입니다.

우리가 아무리 간절하게 매달려도 육신은 언젠가 사라집니다. 이 사실을 모르는 사람은 아무도 없습니다. 부정하는 사람도 없습니다. 그런데도 우리가 언젠가는 죽는다는 사실을 받아들이는 사람은 매우 드뭅니다. 정신분석학자 프로이트의 말대로 죽음은 '생각할 수 없는 사실'이어서 그럴까요? 사람들은 언제까지나 죽지 않을 것처럼 살아갑니다. 죽음이 더는 물러날 곳이 없는 최종 목적지이자 완전한 소멸이라고 두려워하면서 누구나 죽음을 하나의 금기 사항으로 꺼립니다. 그런데 프랑스의 철학자이자 사상가인 몽테뉴는 이렇게 말합니다.

> 철학 한다는 말, 다시 말해 참된 지혜를 사랑한다는 말은 결국 죽는 방법을 배우는 것이다.[50]

흔히 지혜를 사랑하는 학문이 철학이라고 하는데, 죽는 방법을 배우는 게 철학이 사랑하는 참된 지혜라는 겁니다. 세상을 지혜롭게 살아가려면 죽는 방법을 배워야 한다는 말입니다. 제대로 죽는 방법을 알아야만 제대로 사는 방법을 알 수 있으니까요. 그렇다면 제대로 죽는 것은 무엇인가요? 한국의 어린 왕자 같은 시인 천상병의 「귀천」이라는 시가 떠오릅니다.

「귀천」에서 시인은 죽어서 하늘로 돌아가야 하는데, 그때 하늘나라에 가서 아름답게 살다 왔다고 말하겠다는 겁니다. 얼마나 멋진 표현입니까? 하늘나라로 돌아가는 게 하나도 두

---

50 몽테뉴, 『몽테뉴 수상록』, 손우성 옮김, 동서문화사, 2005, 128쪽.

렵지 않은 것, 두렵기는커녕 오히려 후회 없이 살다 간다고 웃을 수 있는 죽음, 이것이 바로 제대로 된 죽음 아닐까요? 그러려면 올바르게 잘 살아야 합니다. 거짓되고 왜곡된 삶이 아니라 진정성 있는 삶을 살아야 합니다. 완벽하지는 않더라도 진정한 삶을 살아야 합니다. 삶에 끌려다니는 노예가 아니라 '진정한 주인'으로 말입니다. 죽음을 앞두고 가장 두려운 것은 자신이 잘못 살았다는 후회라고 하지 않습니까?

> 진정한 자유인은 죽음을 준비하지만, 그것은 죽음을 위한 것이 아니다. 역설이긴 하지만 그것은 삶에 대한 깊은 지혜이다.

죽음의 참된 의미를 깨달아 삶과 통합된 관계로 승화시켰다는 네덜란드 철학자 스피노자B. Spinoza가 한 말입니다. 죽음은 행복한 삶을 위한 준비일 뿐이니 살아 있는 동안 죽음을 준비하는 지혜를 발휘하라는 겁니다. 그럼 어떻게 해야 죽음을 잘 준비할 수 있을까요?

> 금방이라도 이 세상을 끝내고 떠날 것처럼 생각하고 말하고 행동해야 한다.[51]

로마 시대의 황제이자 철학자인 마르쿠스 아우렐리우스의 말입니다. 하루하루가 인생의 마지막 날인 것처럼 살아야 합니다. 어쩌면 내일 아침에 잠에서 깨어나지 못할 수도 있다는 생각으로 말입니다. 누구도 내일이 기다린다고 확신할 수 없습니다. 오늘이 인생의 마지막이 될 수 있다는 생각으로 하루를 진실하게 사는 것, 그래서 죽음을 두려워하기는커녕 오히려 기쁘게 맞이할 수 있도록 사는 게 제대로 사는 삶입니다. 얼마나 아름다운 일입니까?

저는 제 삶도 아름답게 만들고 싶습니다. 저만의 삶을 진실하게 살아서 아무 미련 없이 죽음을 기쁘게 맞이하고 싶습니다. 천상병 시인이 노래했던 것처럼 말입니다. 아직은 넘어서야 할 험난한 일들이 많지만, 희망의 끈을 놓지 않고 진정성 있는 삶을 위해 최선을 다하겠습니다. 터키의 애국 시인 나짐

---

51 프레데릭 르누아르, 『젊은 날, 아픔을 철학하다』, 강만원 옮김, 창해, 2011, 32쪽.

히크메트Nazim Hikmet가 「진정한 여행」에서 가장 훌륭한 시는 아직 써지지 않았다고 노래했듯이 저의 가장 아름다운 날은 아직 오지 않았다는 것을 믿습니다. 다가올 저의 가장 아름다운 날들을 위해 열심히 살아가겠습니다.

> 가장 훌륭한 시는 아직 써지지 않았다
> 가장 아름다운 노래는 아직 불리지 않았다
> 최고의 날들은 아직 살지 않은 날들
> 가장 넓은 바다는 아직 항해하지 않았고
> 가장 먼 여행은 아직 끝나지 않았다.[52]

52 류시화, 『시로 납치하다』, 더숲, 2018, 166쪽.